El año lírico

Pablo Vila

El año lírico

Edición y diseño gráfico:
Pedro Garralón Comesaña
Vigo, 2022

ISBN: 9798410332347
Sello: Independently published

CONTENIDO

No soy amigo de largos prólogos... Este, por lo tanto, no lo será. Quizá ni siquiera debiera tomarse como tal, sino como un sutil y explicativo consejo.

Estos versos, que a continuación se irán presentando ante ti, Lector, nacieron hace exactamente un año, en diciembre de 2016. Leyendo el bello y recomendable viaje de *Los hijos de los días*, de Eduardo Galeano, una idea brilló en mi mente... No diré que novedosa, claro, más sí una idea que sedujo mi atención, mi imaginación y mi entusiasmo: escribir un verso cada día, relatar un año de mi vida, verso a verso.

Determinado y emocionado, me puse a ello. Cada uno de estos poemas fue pensado y escrito en el día con el que se corresponde. Esta era una premisa que tenía clara desde el principio: cada poema debía poseer el aire, la emoción, el origen y el latido del mismo día en que fue creado. No quería atribuir poemas ya escritos a esos días; precisaba ser honesto en el proceso, así el reflejo de mi paso por este año, y del propio año sobre mí, sería realmente sincero y veraz.

Y aquí lo tienes, entre tus manos y ante tus ojos, Lector. Creas o no las líneas que preceden a esta, en eso poco puede hacer este prólogo, lo que sí te diré, a modo de sugerencia o recomendación, es que navegues por él como yo lo he hecho al escribirlo; es decir, leyendo un poema cada día, ni más ni menos; y así, tal vez sea un romántico pensamiento infundado, podrás sentir de una forma más próxima lo que yo he ido sintiendo. Pero ahora, dicho esto, tú, Lector, y así debe ser, harás lo que te venga en gana, y estará bien hecho.

P.V.A

Vigo, 1 de enero de 2018

ENERO

I/I

Dejad que mi cálamo fluya,
Deslizándose lentamente,
En la singladura de los días,

Que su vuelo no rehúya
La sinceridad doliente,
Ni haya briznas de falsía,

Que sacie la ávida albura
De cada folio siguiente,
Como huellas de luz en tierra umbría.

¡Vamos!... ¡Lánzate, verso latente!,
¡Estro! ¡Alumbra la negrura!
No hay premura,
Nada es urgente,
Solo hay un ansia, calma, de armonía.

2/I

A Carlos, el día que me envió
el prólogo de Albores

Desde tierras distantes,
Tierras de secura y frío,
Me ha llegado hoy una voz
Como un celaje estremecido.

Es una voz susurrada
Con los gritos del lirismo,
Tiene el cierzo en las entrañas,
La piel de encinar y trigo.

La he escuchado con los ojos,
Lentamente, conmovido,
Reconociendo el espejo
Que se alzaba a cada signo.

Voz de la voz amiga,
Tú, sin haberlo querido,
Lanzas átomos de luz
A los ensueños baldíos.

Tic-tac en el reloj eterno,
Tic-tac mientras esto escribo,
Tic-tac vaguísimo destello

Que se esfuma igual que vino...
Vaguísimos destellos
Que caminan el camino.

3/1

Ira en los cristales,
Sorda,
Ciega,
Cobarde,
Vesania de tinieblas
En los pasillos, acechante.
Con tus pisadas de piedra
Devoras,
Abrasas,
Quiebras,
Filo alevoso blandes.
Ira que viras las almas
Hacia los yermos de nadie
Cáustica,
Estúpida,
Infame,
Desfiguras las miradas
Que ya no saben mirarse.
¡Vete!, ¡Huye!, ¡No vuelvas!
Me amedrenta contemplarte,
Me doblega,
Me entristece,
Me encadena
Oír tu estruendo miserable,
Los sables de tu lenguaje.
Humano corazón no cedas
A su tiránico abordaje.

4/I

Yo, que no sé nada,
O apenas sé,
O qué sé yo...
Yo, que soy un necio
Con brevísimos destellos de lucidez,
Yo, que sólo soy un eco
Entre el bullicio de los ecos humanos,
Yo, que soy este yo
Que es presente y es ahora,
Conozco, hoy, que la tierra,
Ese navío azul que nos tripula,
Ha cruzado el perihelio de su singlar sideral,
Y el abstracto distante del cosmos
Se cierne rotundo, implacable,
Sobre esta osamenta mía,
Me siento empequeñecer,
Soy la brizna de la brizna
De una esquirla flotando,
O tal vez mucho menos...
Siento, en los cristales de mi habitación,
A la noche medrar
Como dama de sombra
Que ostenta las simas arcanas del cosmos,
Me observa con sus ojos infinitos,
Sus ojos de tiempo y espacio,
Como te observa a ti,
O a él,
O a ella,
O a cualquiera...
Y el silencio,

Su silencio,
Silencio del todo y de la nada,
Cae como rocío inspirador, por todas partes,
Y yo, este yo del que te he hablado,
Se pregunta cuántos yos, en este instante,
Trazarán versos a solas,
Cuántos se sentirán frágiles,
Menguados,
Cuántos Unamunos, o Jiménez,
O Lorcas...
O tantos otros y otras...
Serán solo hormigas del árbol
Desgajado y tronchado del olvido,
Sombras en la pared de la caverna,
Huellas secas en la tierra
A merced del viento de la urgencia.
El mundo, esta máquina de infiernos y cielos,
Girando, por un día, a mayor velocidad,
Y yo, de noche,
Solo,
Escribiendo sin sentido,
O por sentido del impulso,
O impulsado del sentir,
Mientras todo fluye,
Mientras todo cambia,
Mientras todo sigue igual...
Yo, en este rincón del universo,
Tejo fantasías con la realidad.

5/1

«Quiero tener esperanza»,
Se lo clama el corazón
A la conciencia amarga.
«Quiero tener esperanza»,
Por todos los finales que principian
Y todos los principios que se apagan
Ante los mezquinos designios
De la condición humana,
Ante el reino de egoísmo
De serpientes enroscadas,
De las vísceras de piedra,
Y las cloacas del alma,
«Quiero tener esperanza».
Lo repito por si en ello
Toma el deseo constancia,
Y la encuentro
Y se me escapa
Como si fuese un reflejo
De cristales sobre el agua.
«Quiero tener esperanza»,
Esperanza del mañana,
Aunque mañana se rompa
Como una pompa que estalla,
«Hoy... quiero tener esperanza».

6/1

Hoy he pensado en el ego;
Esa semilla latente,
Veladamente presente,
Y he dudado sin quererlo;
¿Dónde anidas ciertamente?
¿Qué no enturbias? ¿Qué no puedes?
¿No hay ego detrás del amor,
De la amistad, del valor,
La caridad o los sueños...?
¿Hay ego, tal vez, en un beso?
¿Hay ego en la pasión?,
¿Hay ego en el perdón?
¿Ego en la melancolía
Y también en la alegría,
O en las caricias que doy?
¿No hay ego al trazar estos versos,
O al pensar si lo hay o no?
Y de haberlo...
¿Vuelve el ego todo ello menos cierto,
Menos veraz,
Menos sincero?
¿Sólo soy un egoísta
Que va creyendo no serlo?

7/I

Soy un ladrón de ideas
Escuchadas de otros labios,
Cual arcilla del Parnaso
Que mis estrofas moldean.
Soy hurtador de paisajes
Impresos en la pupila,
Lienzo ingrávido de brisas
De mi lírica anhelante.
Cleptómano de esos instantes
Que nacen en las esquinas
De la vida que se agita,
Latido de mi lenguaje.
Soy furtivo de palabras,
Es verdad, hoy lo confieso,
Versos, guardadme el secreto,
Mirad que he sido sincero,
No me juzguéis a ultranza
Condenándome a un destierro de silencio.

8/I

¿Sabes de esos días
En que la luz parece dilatar el aire,
Que, deshecha en un velo de escamas,
Se posa por todas partes,
Cálida,
Armónica,
Arrebatada,
Precisa?

«Luz que vuelve luz los paisajes»

¿Sabes de esas tardes
En que el sol del ocaso
Parece incendiar el horizonte manso
En flamígeros nimbos de púrpuras celajes,
Revelador,
Eterno,
Sideral,
Arcano?

«Luz que vuelve luz los parajes»

Hoy ha sido una tarde de esas...
Y yo, inmerso
En mitad del tapiz excelso que me rodea,
He pensado,
Aunque a veces cueste creerlo,

«Humano: tú llevas esa luz dentro»

9/1

Bruma del cielo,
Bruma de la tierra,
Haz gemelo.
Légamo denso
En el enjambre de los días,
Desconcierto.

Tirano tiempo en contra,
Las ideas son nudos sin forma.
Vitando pesar.

¡Alto!, ¡Silencio!,
¿Qué es aquello que veo allá,
A lo lejos!
¿Una luz...?

10/1

¡Casi es tuyo!
¡¿No lo ves?!
¡Lo estás rozando con los dedos!
Latidos desbocados.
Corvas tremiendo.
¡Vamos... sigue... no desfallezcas!
Clamor de la vida.
Humano rigor.
¡Un último esfuerzo!
¡Así... así... estírate!
¡Olvida tu fatiga!
¡No hay temor!
¡Muerte al desaliento!
¡Ya lo tienes!
¡Cierra la mano!
¡Aprieta!
Se calla la voz.
¡Vapor!
Sacudimiento.
La espiral torna a girar.

II/I

Que nadie te abrume con alegrías eternas,
Induciéndote a creerlas.
Infundio.
Mentira.
Que nadie te desole con invencibles tristezas,
Doblegado en su miseria.
Absurdo.
Agonía.
Dicha y desdicha van unidas,
Común instante sucesivo,
Nada es siempre,
Nada es definitivo,
Tampoco la muerte.

12/1

Escribo, fluye la vida,
Se me pasa la vida escribiendo,
Y estas líneas, sangre mía,
Son mis ojos en el tiempo.
Mirad, mirad atentos
Lo que arde, lo que ardía,
Lo que arderá algún día,
No sea un pasar, pasante huero.
Escribir es vivir
Mientras se va viviendo
Sobre el vital tapiz.
¿Del vivir, de su misterio,
Qué te pudiera decir?
Ocasiones... sortilegio.

13/1

¡Se hielan!
¡Se están helando!
La crudeza del invierno
Se los está tragando.
Lo cuentan los diarios
Y parece
Como si antes no estuviese
Ya pasando.
Si no es el frío, es el hambre,
Si no es el hambre, es la guerra,
Si no es la guerra, la miseria,
Y si no, la indiferencia.
Tragedia, calvario, pena.
¡Se hielan!
¡Se están helando!
En estas ajenas tierras,
Sobre los mismos suelos
Que su éxodo forjaron.
¡Culpables!
Peste de la codicia,
Voracidad sin calado,
¡Más, más y más!
Endémico contagio.

¿Todo vale, nada importa
En este pútrido imperio?
La empatía está en la horca,
Sólo un soberano... el precio.
Hedor, mugre, veneno.
¡Se hielan!
¡Se están helando!
Es una infatigable espera.
Son los despojos humanos
Usados, desusados, rehusados.
Prepotencia, irreverencia.
Se me hielan hasta los versos
Mientras lo estoy rimando,
¿Mas acaso importan estos
Mientras ellos se congelan?
El mundo es un manicomio
Que no conoce fronteras.

14/1

Versos corrientes
De un hombre sencillo,
Tímidos trinos
Del alma latente.
Entre el bullicio
Caminar sereno,
Acallar su grito,
Respirar muy quedo.
Vagabundear
Entre la gente,
Clandestinamente
Meditar.
Elevar los ojos
Hacia el universo,
Abrir los cerrojos
De la inmensidad.
Bello argumento.

15/1

¿Es el tiempo eterno?
Eterno...
Abstruso concepto
Para nuestra mente,
Pensar que no perece,
Que no hay final que fine el tiempo.
¡Siempre... siempre... siempre!
Enmudezco perplejo.
Y como eterno... ¿tiempo es todo?
¿Tu... yo,
Los objetos,
Los astros,
El universo,
La ideas...?,
Todo, ¿sus fragmentos?
Todo, ¿eterno también?
¿O no es, quizás, que sea,
Sino, quizás, que en todo está?
La vida tiempo es,
El tiempo... ¿Dios?
Axioma. Trinidad.
Madeja que ir devanando
Sin hallarle solución,
Yo con mi yo charlando:
Diálogos de ascensor.

16/1

Me persigue un «Para qué»
Sombrío, enajenado.
Porfía tras mis pasos…
No es la primera vez.

17/1

Augustos pobladores de la tierra,
Rumorosos, sosegados,
Discretos centinelas
En el convulso teatro.
Cuando junto a vos camino
En las horas tenues del ocaso,
Con ese paso perdido
De encuentros reencontrados,
Cuando os hallo entre la bruma
Leves, desdibujados,
O bajo la noche, en penumbra,
Soñolientos y embrujados,
Siento en mí, tan adentro,
Vuestro respirar sagrado,
Que a una luz de entendimiento
Os veo de inmensidad tocados.
¡Árboles, hermanos míos!
En mi bitácora, ya grabado,
Vuestro verdoso albedrío,
Vuestro espíritu nostálgico.
Seguid musitando en los bajíos
De mi alma, vuestro salmo.

18/I

Quiero que mi verso sea bello,
Que sea veraz,
Que sea certero,
Pero ante todo quiero
Que tú lo entiendas,
Que no te pierdas,
Lector, en los quiebros
De las selvas del lenguaje,
En un dédalo de letras
Inextricables.
Sea mensaje mundano,
Sea concepto elevado,
Quiero que lo sientas,
Quiero que me sientas,
Para que entonces, así, mi canto
Ser cantado pueda.

19/1

Acabo de leer ahora,
Que tal día como ayer,
Respiraban su primera aurora
Darío y Guillén.
Uncidos por este día,
Hechizados de poesía
Vertieron vida en el papel.
Azul, cántico, armonía,
Melancólica embriaguez.
¿Cuál será vuestra morada?
¿Y la esencia dónde fue?
¿Limbo, cielo, tal vez nada?
Hoy no sois, ya no seréis,
Mas sí que estáis... y estaréis.

20/I

La tarde estalla,
Una bala hiende el aire,
Le desgarra la espalda
Acerba, hambrienta de sangre.
Iba a jugar, pensaba,
Y el sino tomó viraje,
Unas piedras desgajadas
Tiñeron de espanto la calle.
Tiene las alas tronchadas,
Es un ave bajo llave,
Tras de las barras amargas,
Sueña en volar, distante,
Sobre ruedas aceradas,
Como alas que renacen.
Bala que fue disparada
De arma empuñada por alguien,
Bajo el nefando pretexto
De un conflicto miserable,
Eres igual de culpable
Que quien financió tu acero...
¡Hipocresía infame!

21/1

Entra sedeño el sol de la tarde,
Remanso de luz que inunda el valle,
Torrente refulgente que flotando
Torna los paisajes, acendrados,
Rotas nubes desbordadas
Dejan volar sus pisadas,
Pisadas de oro encendido
En el éter vespertino,
Ingravidez sosegada.
En la vereda camino,
Toco al sol con la mirada,
¡Luz brilla, vamos, brilla!
Que nada pueda apagarte,
Cala dentro la vida,
Alumbra vaguedades.

22/I

«Un olor a rosa humilde
Ungía la tarde clara;
Me dolía el corazón
Como si me lo rasgaran...»
Juan Ramón Jiménez

Esta tarde he recordado
Aquel dolor de la nada,
De la nada que fue todo,
Que no cabe en las palabras.
Vuestros versos Don Jiménez
Sobrevinieron al alma
Como un vuelo cadencioso
De pétalos de rosas blancas,
Y le hablé a vuestra memoria
Flotante en las fuentes claras:
«Me ha dolido el corazón
Como si me lo rasgaran».
A vos que me estáis leyendo...
¿Os ha dolido también,
Quizás, puede, alguna vez,
El corazón en el pecho
Como Jiménez cantaba?

23/I

¿Dónde estás horizonte?
No te encuentro,
Tan sólo intuyo formas
De vapores inciertos.
¿Quién te devoró?
¿Quién te llevó lejos?
¡No te veo!
¡No te siento!
Ladran en la mañana
Las jaurías del destierro.
¿Es Dios que se aburre y juega?
¿Como a Dios, yo, te creo?
Mi lira quiere tañerte
Ráfagas de desconcierto.
¿Todo horizonte es nada?
¿Sólo proyección del alma?
¿Del imaginar, venero?

24/I

Se van los días,
Se va la gente,
Se va la vida,
Se va la muerte,
Se está yendo el ocaso
De esta tarde de enero...
No desenredo un arcano,
No descubro nada nuevo,
Es hollar inveterado.
Y en este irse... acabarse...
Perecer sempiterno
Engarzado en el tiempo,
¿El alma logra zafarse?,
¿Del tiempo es átomo-eje?
Alma: Superviviente.

25/I

Él tenía un sueño.
Uno sólo.
Un sueño que se remontaba en el tiempo.
Sueño que soñaba,
Que contemplaba,
Que protegía,
Que alimentaba...
No era un sueño distinto de cualquier otro sueño.
Era, tan sólo, el suyo.
Cada día se levantaba y tejía sus rutinas,
Como tú o como yo,
Como cualquiera...
Y la vida fue pasando,
Y él, junto a su sueño, creció,
Perdió, ganó, esperó...
Año, tras año, tras año...
Y una mañana,
Al despertar,
Tras abrir los ojos,
Descubrió que su sueño había muerto,
¿Cómo había ocurrido?,
¿De qué forma?,
¿En qué momento?...

No había respuesta.
Una tristeza resignada le invadió el pecho,
Un vacío le resonaba dentro.
Se levantó,
Caminó hacia el baño,
Cansado y viejo,
Y mirándose las arrugas ante el espejo,
Sin esperarlo,
Casi sin creerlo,
Esbozó una sonrisa
Y soñó de nuevo.

Sueña humano.
Soñar: Caminar,
Sueños: Pasos.

26/I

La imagen es rotunda.
La violencia traspasa la pantalla.
Casi está aquí,
Casi puedo tocarla.
La ira contra el miedo:
Desigual batalla.
La primera, soberbia,
Impía, la cabeza alta,
Gesto iracundo,
Mirar de guadaña.
El segundo, retraído,
Vulnerable, faz inclinada,
Como ajeno de su cuerpo,
Como títere de paja.
La ira encara y golpea,
El miedo aguanta y se calla,
La una escupe sus heces,
El otro, trémulo, se arrastra.
¡Sólo son adolescentes!
Al pensarlo se me erizan las entrañas.
¿Qué mundo estamos creando?,
¿Un inmundo mundo sin alma?,
¿El mundo siempre ha sido así?,
¿Todo infierno y cielo abarca?
En mi memoria la imagen rotunda,
La violencia traspasando la pantalla.

27/I

Es de noche.
¿Qué hora...?, No lo sé, tarde.
El rugido solitario de algún coche
Serpentea por las calles.
Reparo en las fotografías
Reposando en los estantes,
Imágenes de una vida
Retenida en sus instantes,
Miraros es contemplar
De la vida su semblante,
La vida que no hace ruido
Entre nosotros, pasante.
Sois triunfos al olvido,
Islas de papel vivido,
El fue que no será, tajante.
Magia y misterio,
Vivir insondable,
Retratos diciendo:
¡Adelante, adelante, adelante!

28/I

«Desde mi cielo a despedirme llegas...»
Miguel de Unamuno

Orvallo sereno,
Velo de mi tierra,
Revoloteas en el aire
De la noche, sin cadencia,
Nimbas los destellos
De la luz de las aceras,
Abrumas las distancias
De las calles soñolientas.
Como un hálito empapado
A recibirme llegas
En mi cauce de costumbre,
Caudal que a todos lleva,
Despertando del letargo
Al nido de las ideas.
Rutina; Orvallo tenaz
Que carcomes cualquier meta,
Denso, tedioso orvallo,
Mojas la vida nuestra,
Desencuentro necesario.

29/I

Hay un matiz de tristeza en esta noche.
Supura detrás de las ramas desnudas
Atenta, observando oculta.
Está en los ecos y en los roces,
En el suelo, en las alturas,
Es un matiz de tristeza que me absorbe.
La miro, y no sé explicarla,
La siento, y no hallo palabras,
Excede al lenguaje torpe.
¿De dónde brotas?,
¿Eres un grito acallado
Que del espíritu aflora?
Pestañeo, ya no estás,
La noche a noche retorna.

30/I

Ave de albo plumaje
Bate tus alas sedosas,
Despliegas soles de aurora
En tu volar radiante.
Planea sin agotarte
Sobre alambradas y fosas,
Sobre las humanas sombras
Que reptan por todas partes.
Hiende los aires de sangre,
Arrulla su atroz discordia,
Resiste a las cruentas sogas,
Sólo quieren domeñarte.
Enarbola tu estandarte,
Paz esperanzadora,
Vive, ideal paloma,
Tu vida el corazón rehace.

31/1

En mi memoria ha surgido
El recuerdo de una tarde
En un café, viejo y vacío,
De tenues luces mates,
Hablando con un amigo
Él pregunta en un instante:
«En esta vida que vivimos,
¿Qué crees más importante:
Salud, amor, principios...?
No tener miedo es la clave;
Al menos para mí».
Yo enmudecí,
La vista en la pared, pensante,
Y mirándole sereno
A los ojos respondí:
«Ser bueno».

Humano no dejes jamás
Que condicionen tu empeño
Con esos falaces cuentos
De que es tonta la bondad
O que el bueno es solo un necio.
No lo creo, no lo siento,
No lo pienso aceptar,
Lo dice quien no quiere serlo
O de serlo es incapaz.
Yo lo busco, yo lo intento,
Lo sueño para luchar.
Soñemos con el mundo de «Los Buenos».

Febrero

1/2

«Querer es poder»,
Dicen afirmando.
No, no estoy de acuerdo.
Eslogan sesgado.
Querer solo es poder
Creer que sea cierto.

2/2

Sobre una celosía de ramas,
En lo más alto de la tapia vieja,
Tejida en los aceros de una reja
La banda de gorriones se encarama

Como livianas y pardas escamas
Que la brisa trae, que la brisa aleja,
Al cobijo manso en su ara madeja
Su diáfana ternura se entrama.

Y yo la descubro al posar mis ojos
Distraídos, me conquista el destalle,
El véspero brilla con lívidos rojos

Caricia de nostalgias sobre el valle,
Hermosas aves, sobre mis abrojos
Posaos, que vuestro trinar no calle.

3/2

«¡Ah de la vida!: ¿Nadie me responde?»
Francisco de Quevedo

Llamas a la vida,
Nadie te contesta,
No se oye respuesta
Diríase vacía...
No grites. Tontería.
Es baladí protesta,
Cual a silfo en floresta
Escucha... escucha y confía.

4/2

El recoleto jardín escolar
En una tarde de invierno severa
Soporta la furia ventosa y fiera
Umbroso entre la luz crepuscular.

Y en mitad de la fronda secular
El viejo almendro, señorial, espera,
Las ramas floridas leves, certeras,
Mostrar su cáliz de albura estelar.

Yo lo contemplo en el fondo, a lo lejos
Entre el bullicio que allí me rodea
Y empiezo a escandir un verso, bosquejo

Del soneto que ahora me atarea.
Tú que floreces del invierno al rejo...
¿Cómo venzo al desaliento en pelea?

5/2

«En el corazón tenía
la espina de una pasión»
A. Machado

La lluvia en caudal profuso
Sobre la calle vacía
Se cernía cual confuso
Avispero que porfía,
Su calígine envolvía
La ciudad como un intruso,
Gris su atuendo, gris el día.
En mi corazón se hundía
Agónica una pasión,
Su dolor ya no dolía
Sin espinas ni aguijón.
Pasión; estación baldía,
De esperar la primavera
Llegó tu desolación,
¿Brotará en tu calavera
Otra rosa de emoción?

6/2

Abrí los ojos rezando:
Creer;
Créete.
Crear;
Créate.
Incrédulo salmo.

7/2

El vagón está lleno de gente,
Ella lee serena,
De la vida ausente,
El metro, gusano acerado,
Atraviesa el corazón urbano
Con un quejido demente.
Una nostalgia dulce,
Tibia plenitud latente,
Revolotea en sus labios,
Azafranados de oriente,
En una sonrisa tenue.
El vagón se detiene,
Irrumpe un grupo de niños,
Quizá, alguno, adolescente.
Estrépito, chanzas, risas,
Los contempla con cariño.
Uno de ellos, que la ve,
La señala con el dedo,
Empujones, cuchicheos...
El desprecio empieza a heder.
«Qué asco me da su piel»
«Si es que aquí no los queremos»
«Seremos siempre mejores»
«No mejores, superiores»...
Habla un fuego de mortero.

Incrédula, arrebatada
No se puede contener
Y grita:
«¡Callad de una vez!
¡Ya basta!»
Suspensa del mismo idioma
La pequeña turba calla.
A ella le medra un silencio
Que sabe a desesperanza,
Se posa una nube de cieno
Encima de sus palabras
Y se dice tristemente:
Tan niños y ya tan yermos...
El vagón está lleno de gente...
¿Está vacío de almas?

8/2

La ciudad duerme,
Graznan las gaviotas distantes,
Me siento a escribir,
El folio, impaciente,
Parece anhelante
De palabras, ante mí.
Fluyen las ideas
Más ninguna se ordena,
Volatería hechizante,
No hallo el hilo de diamante
Que brisca la rima sutil.
Las nueve no están aquí,
Hoy no acuden a guiarme,
Será mejor resignarse,
¿No habrá nada que decir?
¡Magia!, ¿Qué tengo delante?
Versos. Inexplicable.
De nuevo han vuelto a lucir.

9/2

Ellos solo querían cruzar la frontera,
Ese límite inventado por el egoísmo humano,
Brillante y único cavando diferencias,
¿Por qué lo hacían?, ¿Por qué intentarlo?
Porque ellos... ellos también sueñan.
Tras vencer la alambrada siniestra
Una endémica ráfaga de balas
Asoló los sueños soñados apenas
En nombre de las patrias que la paz alaban.
Un puñado de cuerpos infortunados
Muerden la arena que tanto ansiaban,
Nadie sabe de ellos,
Nadie han sido,
Nadie son, acaso,
Sólo un recuerdo,
Sólo un vacío.
Y los mundos de ese mundo
Que llamamos el primero
Defienden su impune y taimado criterio:
«Usamos balas de goma».
Farsa!, embozada carcoma.
La bala, aún de goma, es bala... también mata!

10/2

No sé si será muestra de cordura
O solo es un acceso de demencia,
Pero albergo la cálida creencia
De haber sentido el alma en mis honduras.

Es como un deliquio que apenas dura,
Ligero rosicler en la conciencia,
Se agita como brisa de la esencia,
Detrás de esta osamenta; mi armadura.

Quizás es reacción... química pura,
El ansia de creer en su existencia,
Pero cuando columbro su presencia
Nos siento como eternal estructura.

II/2

Los días, a veces, vuelan tan aprisa...
Hoy pestañeé y se había esfumado.
Incontestable, la vida impone su premisa:
«Pasar de pasos enlazados».

12/2

El cielo era una lánguida acuarela
De frágiles azules recamados.
Caminaban con dedos enlazados,
Plata en las sienes y calma en las suelas.
Pasé al lado de ellos acallado
Llevándome en el corazón la estela
Inefable del gesto, que riela
Tan revelador, y tan olvidado.
En el gesto la vida se nos muestra
Veloz, como relámpago de ocaso,
Aforismo de la existencia nuestra.
Bello mirarlo, y escribir su paso.

13/2

«Límite necesario nos defina»
Jorge Guillén

Un muro acota mi horizonte cual telón
Y extiende su sombra rigurosa,
Yo me siento igual que un polizón
En la galera de mi sueño, astrosa.
¡No veo tras de sí!
¿Qué habrá al otro lado?
Los vientos de la vida susurran: Fin.
Hay un vacío agonizante en los pasos.
Límite: limita, es lo necesario.

14/2

Tardo el caminar
Del paso cansado,
La mano secular
Posada en el cayado,
Inclina al avanzar
Su esqueleto gastado,
Arrugado el mirar
Próvido y templado.
Cuanta ternura
Tu movimiento emana,
La vida sin mesura
Tus rasgos engalana,
La vida que te mura,
Tu vida soberana.
Pero ¿qué acontece dentro?
¿Llega el tiempo hasta tú alma?
¿Y esta qué es lo que calla?
¿Qué te sigue diciendo?

15/2

Mirada escoria,
Mirada turbia,
Mirada rota,
Mirada culpa,
Mirada sombra,
Mirada tumba,
Mirada aurora,
Mirada pluma.
Mirada clemente,
Mirada soturna,
Mirada reclusa,
Mirada creyente,
Mirada perjura,
Mirada ferviente,
Mirada ternura,
Mirada que entiende,
Mirada todo o nada...
Mirar de las miradas:
Esperanto silente.

16/2

Vino el niño hacia mí, corriendo,
Como una brillante saeta de luz,
Como un rasgón de arcoíris pequeño,
Como una brisa de tierna inquietud.
Se detuvo y, mi nombre diciendo
Con su cándida voz de bulbul,
Me miró a los ojos sonriendo
Diáfano como un ciclo azul.
La vida, ávida siempre de vida
En sus acciones desbordada,
Desbordada en sus palabras
Continuamente incontenida.
Y yo sentí dentro
Desleírse en un momento
Los posos que azogan la valía.

17/2

«Yo sé un himno gigante y extraño...»
Gustavo Adolfo Bécquer

Venero
De mi rimar
Primero,
Lucero
Que al despuntar
Sorprende
Y prende
Místico hogar
Duradero
Y extiende
Crepuscular
Sendero.
Escuché tu himno a solas
Como a grácil rumor de las olas
Y aprendí su titilar.
El canto de tus gorriones
Se encarama en los balcones
De la primavera estelar.

18/2

Voy haciendo estos versos
Y ellos a mí me hacen,
Idílico trance,
Esencial crecimiento.

19/2

En la humana realidad
Existe una ley primera
Que está por encima de todo,
Del soy y del somos,
Incluso de la verdad,
Tan fútil, y tan huera,
Que debiera dar vergüenza.
Vivimos en la autoridad
De la APARIENCIA.

20/2

Abrí la puerta,
Unos ojos se clavaron en mis ojos,
Entré.
Su torpeza o mi torpeza
Nos entorpeció, sin dolo,
Le miré.
Su hostil pupila
Me miró proterva,
Amenazante y fría,
Me alejé.
Su violencia enmudecida
Noté sacudirse siniestra
Tras mi espalda, cual arpía.
Ira: vestiglo poderoso,
Para herir no te hace falta
Ni puñales, ni palabras.

21/2

Me acuesto en la cama,
La oscuridad me arropa,
La noche se deshoja
Sobre la ciudad callada,
Las manos poso en el pecho,
Cierro los ojos, inspiro,
Mi piel siente el latido
De mi corazón y… rezo.
Yo que no sé si creo,
Que no sé lo que creer,
Le rezo a mi yo,
¿El verdadero?,
Mi yo de dentro,
Al yo de todo ser,
Al yo inmanente del universo,
¿A dios?,
¿A todo?,
¿A la nada?,
Rezo sin por qué saber,
¿Ateo rezar?
«No es preciso creer
Para poder orar».

22/2

«Converso con el hombre
que siempre va conmigo...»
Antonio Machado

A laborar
Hoy vuelvo
Por ti
Viajero.
Yo que te vi
Con los ojos del alma
Junto a un almo seco,
Vagando cual fantasma,
Hollando senderos
De la tierra castellana,
Entre encinas y retamas,
En tus galerías del recuerdo.
Y entoné tu cantar señero
De suspiro de oro y grana
De palpitar honesto.
Un día como hoy,
Exiliado de tu tierra,
Vino por ti la galera
Que nunca ha de tornar,
Como nos rimó tu voz,
Te fuiste hijo de la mar.
Eres ahora y siempre
Lucero claro naciente.
Caminante,
Los caminos
Del lirismo
Que forjaste,
Aún floridos están.

23/2

Cerraré los ojos, tarde o temprano
Y mi cuerpo será tierra,
La misma que me vio crecer,
La misma que pisé.
Y la tierra se hará vieja año a año,
Pasarán los hombres, las ciudades, los logros, el arte…
Pasará la humanidad con su profusa y heterogénea
caravana de sueños,
Y será nada, engullida por el silencio.
La naturaleza mudará,
La tierra se irá consumiendo,
Se apagará el sol y la luna y el cielo,
Y la tierra se secará,
Y tal vez, en la oscuridad,
Un asteroide arremeterá nuestro mundo seco y viejo
Y sus añicos, grandes o pequeños,
Viajaran por el cosmos,
Lejos, muy lejos, hacia la inmensidad.
Y mis restos, junto a los restos de los restos de otros
como yo, sedimentados,
Sobre ese lecho rocoso y flotante,
Se perderán en los confines siderales.

Y una órbita planetaria cualquiera los reclamará para sí,
Y atraídos por su gravitación
Nos posaremos sobre su suelo.
Y ese suelo, que ya envejecía,
Seguirá creciendo, cambiando...
Y la vida, abriéndose siempre paso,
Tornará a la vida,
Y mis átomos, nuestros átomos,
Mudando de formas y estructuras
Latirán de nuevo,
Fluirán, respirarán, ¿sentirán?...
¿Tendrá mi cuerpo, y el tuyo... cualquier cuerpo,
Los restos de otros que vivieron
En mundos de galaxias allende el universo?
¿Será todo una comunión infinita y sideral?...
¿Y el alma?...

24/2

Un paso en los sueños,
Un paso en la tierra,
Un paso en el cielo
Y otro en la certeza.
Voy viviendo;
Loca cordura,
Cuerda locura,
Desatino o acierto,
Hiendo la vital costura
Sin hallar mejor remedio.

25/2

A Francisco Sánchez «Paco De Lucía»

Se callaron las guitarras
Con un nudo de silencio,
Huérfana la armonía
No halla cabida ni tiento,
Las cuerdas están callando
Acordes de negro duelo,
Hay quejidos de quebranto
Volando a lomos del viento.
Las falsetas tienen espinas
Que hieren, rudas, los dedos,
Los rasgueos son un murmullo
Destemplado en el recuerdo.
Te fuiste Maestra Saeta
A los confines del tiempo,
No hay cante en la garganta
Que no desangre su acento.
Ávido de melodías,
Veloz picado inquieto,
Viviste buscando y buscando
Del sonido siempre preso.
En el crisol de la tarde,
En el terso azul de los cielos,
En el embrujo de la luna,
En la hondura del universo
Sonaran los ecos firmes
De tus compases eternos.

26/2

Sobre la nudosa rama desnuda
El gorrión está hablándole al ocaso
Desde ese cedro amigo de mis pasos
En la tarde que, entre penumbras, muda.

En el gris horizonte arde menuda
Lumbre dorada, de fulgor escaso,
Las bardas fluyen cual soldados rasos
Al dócil poniente que las anuda.

Su grácil voz trinando delicada
Resuena en los paisajes remansados
Llegando hasta mi alma destemplada.

¿Qué tiene tu himno, cantor osado,
Que brillas en la tarde ya apagada?
Sinfónico lenguaje esperanzado.

27/2

A veces, cuando escribo
Una idea me ronda:
No hay nada en mis estrofas
Que antes no se haya dicho,
Que no se haya sentido
Ni pensado otrora,
Que no tenga, ya, su forma
En el ideal infinito.
Y aun así escribo igual.
¿Es un acto de vida?
¿Un clamor existencial?
¿La vida vivida que aspira
A conquistar imposibles?
¿Es el ansia ineludible
De la inmortalidad?

28/2

Los vi acercarse a lo lejos,
Abrazados,
El uno en el otro apoyado,
El paso en común acuerdo,
Los años fraguando cemento
Sobre sus vivientes lazos,
Y el amor amado
En la unción luciendo.
Pasaron a mi lado,
Con furtivo gesto
Nos saludamos,
E impregnada la rutina
Con su recuerdo,
Nos alejamos,
A sus costumbres ellos
Y yo a las mías,
En la ciudad fluyendo.
La tarde que plácida caía
Me saludó sonriendo,
El vuelo de un hada fluía
En las orillas del puerto.

Marzo

I/3

Norte en el rostro,
Las gaviotas graznan,
Marzo pisa las hojas mojadas,
El cielo es un collado umbroso,
Mis pasos la cuesta bajan,
Un resabio vagaroso
Se oculta tras la mañana,
Busco un fulgor luminoso
Que arredre sus telarañas.

2/3

«Trata a los demás como quieres que te traten»
Ínclita razón...
Mas... ¡Alto!, ¡Un instante!,
Analizando la frase,
¿No anida presunción?;
Al tú tratar
Como quieres ser tratado,
No estás, con ello, aceptando
Que «Tú querer ser», al final,
Es el más acertado,
Es la forma mejor.
¿Hay vanidad... o no?
Me digo y te digo,
Amigo mortal, desconocido,
No será mejor:
Trátate y trata
Con empático amor,
Con amor al yo,
Con amor de alma.

3/3

Yo, bajo la arboleda,
La tarde siguiendo mis pasos
Que musitan en la arena.

El viento como una marea
Intrusa, de espuma sonora,
Templa en las ramas su canto.
Ronca estela evocadora
De titánica presencia,
Aliento alentado en los astros.

Somos esquirlas flotando
En tu corriente etérea,
Entre la niebla buscando.

4/3

Ni pretendí, ni pretendo
Ni espero pretender jamás,
Tu admiración.
Me basta y me bastará
Con tu respeto
Y si acaso puede ser, tu atención.

5/3

Cuidarse de la envidia
Que está y parece no estar,
Adoleciendo de insidia.
Huir de su perfidia
Que oscurece el pensar;
La vanidad germinando
Feraz abrojo nefando,
Envidiar: Marrar.

6/3

Fe descreída,
Profunda fe sin fe,
Fe que soñé,
Mística fe de vida
Que olvidé y que recordé,
En ansia, fe, sostenida,
Inercia de fe malherida:
Ten fe y sigue en pie.

7/3

Entre las nubes el sol desdibuja
Su nimbo como en velo polvoriento;
Levísimo presidio ceniciento
Zurcido por caliginosa aguja.

En mi pecho una desazón se estruja,
Levógiro reloj mi tiempo siento,
En la ría persiste un movimiento
De quietud, que a hondo cavilar empuja.

Las colinas se adormecen perladas
De rotos claroscuros vagarosos,
Se distancia la distancia embrujada,

Los contornos se contornan umbrosos.
Mi alma suspendida y abrumada
Va apretando mis nudos correosos.

8/3

A las mujeres
Cálices de vida;
Que el cayado, severo,
De la corriente hombría,
No mutile vuestro fuego.
Rosas de sangre y hueso;
Que la humanidad bravía,
Con su pútrido aliento,
No os marchite la valía.
Luchadoras desoídas
Arrojadas al silencio,
Ni un paso atrás de porfía:
¡Clamad!, ¡Gritad! lo justo y vuestro.
Debieran sobrar estos versos,
Debieran, en estos días,
Por absurdos y por viejos,
Mas no lo hacen todavía.

9/3

Del arte,
Artista
De engañarte.
Vidente
Invidencia
Evidente.
En el errar,
Errante
Errar.
Fiando
Porfiar
Porfiado.
Engañosa videncia del porfiar errado:
Esencial semilla para el corazón esperanzado.

10/3

«Ser poeta no es una ambición mía.
Es mi manera de estar solo»
Fernando Pessoa

Buscarse en la soledad del poema;
Soledad de paz de aurora,
De calma naturaleza,
Soledad evocadora,
Soledad de primavera,
Soledad redentora
Que a los abismos silencia,
Esa sola, soledad, que no asola
Tras del yo, veraz, de mi existencia;
El que siempre está, aunque a veces, parece que se
esconda.

II/3

Al dolor de Atocha

193 pasiones
En la vida silenciadas.
193 razones
De la sinrazón envenenada.
193 visiones
De la diabólica morada.
193 desolaciones
De la realidad apuñalada.
193 conclusiones
Para no creer en nada.

12/3

Sobrevino tétrico pensamiento:
¿Y si muriese mientras esto escribo,
Mientras recorro estas líneas
Como si estuviesen destinadas a ser epitafio inconcluso,
Como si hubiese presentido la muerte,
Y al hacerlo, hubiese querido, involuntariamente,
expresarlo?
¿Qué quedaría de mí, de mi ausencia, de mi vacío?
¿Qué en la gente que me quiere?
¿Qué en aquellos que trato y me conocen?
¿O en los que me conocen y no trato?
¿Qué en los que me desconocen?
¿Qué en la humanidad, qué en el mundo?,
¿Un vago destello pasajero?
¿Una niebla que se aleja lentamente hasta diluirse por
completo?
¿Una idea en el pensamiento que me piense;
Cíclica estrella fugaz de la memoria?,
¿Seré tan sólo recuerdo?
Y entonces... ¿Qué soy?,
¿No soy nada?,
¿Soy solo el surco o la estela que deje?
O mejor... ¿Lo que ese surco o estela perdure?,
¿Sólo reflejos de la memoria?

Pero yo soy:
Yo pienso,
Yo lloro,
Yo río,
Yo siento...
¿O todo es espejismo?,
¿Semeja real sólo por la facultad de poder recordarlo?
Pero si no pudiese recordarlo no dejaría de serlo...
Luego, si soy o fuese realmente,
Si ahora dejase de ser,
¿Sólo sería lo que tu ser quisiera que fuese?
¿Sería conciencia y en la conciencia... otra vez Recuerdo?
¿Somos seres para ser recuerdo?
Seamos seres para cuando seamos olvido.
He terminado de escribir,
Sigo aquí...
Después ¿qué vendrá?

13/3

Quizá nunca nadie entienda mi voz;
El verdadero sentido del sentido de mis palabras.
Quizá, aunque a veces no lo crea,
Imbuido por metafísicas ideas,
El único sentido de su razón
Sea la inmanente necesidad de liberarlas.

14/3

Mora siempre a mi lado
Como sombra de mi andar,
Exangüe y demacrado
Puedo oírle resollar
Sibilante, extenuado.
Su esqueleto al caminar
Suena a cristal quebrado
Que nunca se llega a quebrar.
Cadavérico aliado
De enteco y vítreo mirar,
Se consume devorado
Por el cáustico tragar
De sus gusanos dorados
Por un azogue estelar.
Lo creo vencido y acierta
A hallar lumbre que embellece
Su negrura, ya, desierta.
Cual nuevo Fénix se retuerce
Contra su lucha yerta.
Tal vez mi vista no lo advierta...
Tal vez no lo parece...
Tal vez no languidece...
Tal vez la crisálida despierta...

15/3

Verás culebrinas flotando
Como fúlgidos cometas,
Alzarás hacia ellas la mano
Y hallarás vapor de estela
Que seca en tu puño ajado
Cristalizará en arena,
Que se hará ceniciento manto
En tus costuras viajeras.
Habrá culebrinas tornado...
Mientras haya primavera.

16/3

¿Se yerra el rumbo?;
Le pregunto al sol de la tarde
Mientras perlas rotas de acíbar
Se desangran en mi carne.
¿Se yerra el rumbo?;
Le pregunto al oleaje,
Y las dudas como ortigas
Hormiguean en la sangre.
¿El rumbo se yerra?;
Le inquiero al tímido aire,
Y atraviesa mi conciencia
Un estrépito de alambre.
¿El rumbo se yerra?;
Le inquiero al grácil paisaje
Mientras me inunda la tensa
Desazón al desgaire.
Y un susurro se despierta
Del crepúsculo y contesta:
No hay rumbo errabundo
Ni fallido ni acertado,
Todo rumbo es mentira:
Sólo pasos de vida,
Pasos, pasos y pasos.

17/3

Ayer le dijo el horizonte a mi horizonte:
Ningún rumbo se yerra.
Hoy la razón contesta:
Poética de ilusiones.

18/3

A nadie abrumes con tus brumas
Sólo a ti te corresponde disiparlas,
Su densidad o su hondura
Es pasto de tus entrañas.
Y aunque la luz a tu bruma tarde acuda,
Trata de ser luz a la bruma extraña,
Igual que a tu voz, a las otras escucha,
Siempre puente, nunca muralla.
Dando luz, luz te aseguras.

19/3

A veces la vida asoma
Inesperadamente
Como orla de luz en las cosas.
A veces la vida aflora
Furtivamente
En una mirada corriente.
A veces la vida flota
En las palabras, cantora,
Veladamente.
A veces la vida rebosa
De las esferas celestes
Y en la realidad se posa.
A veces la vida desborda
Sus invisibles doseles...
A veces... sólo a veces.

20/3

Envejecemos...
Y en mi envejecer,
Si a la costa de mi vejez
Arribo un día:
¿Cómo sentiré la vida?
¿Cómo sentiré la muerte?
¿Cómo pasarán las horas mías?
¿Cómo soñaré viviente?
¿Cómo será el mañana a la vista?
¿Cómo será el recuerdo en la mente?
¿Cómo estaré en la mundana estadía...?
Hoy la primavera comenzó su travesía,
Y mientras se esfuma su comienzo...
Mientras... Envejecemos.

21/3

Día de la Poesía

Voz que, de mi voz silente, emana,
Hontanar que liviano desafía
A los surcos yermos de mi sequía.
Rosicler que a la negrura tirana

De la noche del desaliento, gana.
Rosa de los vientos del alma mía,
Fiel y espiritual cartografía
En las honduras de mi patria humana.

Tú, que eres el salmo de la belleza,
Que naces del acierto o el desatino
Del amor, cual semilla de pureza,

Cual rayo que no cesa en su destino,
Sigue alentando con igual viveza
A los pasos huérfanos de camino.

22/3

Paseo por la floresta
Frondosa de las palabras;
Buscando, de Calíope, respuesta,
Murmurando: Abracadabra.

23/3

¿Te has visto arrobado por la albura azulada de un cielo?
¿Te has sentido empequeñecer ante la inminencia de una nube procelosa?
¿Has llorado, trémulo, con la pupila empañada en lágrimas de luz evocadora?
¿Has bogado, ligero, con la mente, sobre la inmensidad del mar, hacia lo lejos?
¿Has notado la eternidad subyugante del cosmos como una laguna que gravita en movimiento?
¿Te ha abrumado un crepúsculo incendiado por flamígeros lampos de hondas fabulosas?
¿Te ha besado un aire sedeño, de feéricos labios, en una tarde a solas?
¿Ha sonreído tu espíritu callado, al igual que una aurora de espuma, en tu seno?
¿Te arrullaron los trinos, te han hablado las frondas, has sentido del alma el místico tremer...?
Entonces Lector... has sido poesía alguna vez.

24/3

Los ojos del pasado
Me han mirado
Cual miraban ayer.
Sentimiento inesperado,
La razón ha musitado:
¿Es nostalgia lo que creo ver?
El corazón ha contestado:
Razón pierde cuidado,
No es nostalgia, es bienquerer.

25/3

Suena un ruido, abro los ojos,
El silencio es una alondra recatada
En la oscuridad de mi alcoba cerrada,
Me giro en la cama y escruto su fondo.

Sólo un cedazo de sombras me topo.
El ruido, frío, tembló en la ventana,
Que intuyo entre nimias luces azuladas.
Me vuelvo, me acuesto y en mi espalda noto

Un escalofrío, raudo, en los huesos:
¿Un espectro huraño batiendo los nudillos?
¿Buitres repicando tañidos funestos?

¿Cráneos del erebo afilando colmillos...?
¿O sólo Baudelaire susurrando sonetos,
Sentado en mi cama, a mi oído?

26/3

A veces hablando con mi Yo,
Siento que no soy yo quien habla
Sino quien escucha,
Y al oír mi propia voz
Semeja que mi Yo
Con su voz mi voz remeda.
Silente voz que intenta
Que su palabra no muera.
Yo: Oyente y orador
De mi plática señera.
«Habla, te escucho, Yo de mi voz».

27/3

Cuando camino entre las frondas
O en el ocaso junto al mar;
Al a solas meditar
O cuando el gentío desborda:
En ocasiones siento aquí, dentro,
Una hondura en mi esqueleto,
Como una laguna que se ahonda
Cual la inmensidad ignota
De un cercado universo.
¿Esa profundidad soy yo?
¿Mi cuerpo es de ella, la horma?
¿Tiene fondo, contorno, dimensión?
¿Es eternidad de forma?
¿O es el alma como un espejo
Atrapando del cielo el reflejo?
¿Universo y alma: dos gotas
Gemelas en movimiento?

28/3

Recuerdo...
Tumulto de voces en la noche,
La risa sobre la palabra,
La palabra sobre el susurro,
El susurro sobre el silencio,
El silencio sobre el aire,
Y los ojos tocando las miradas,
Y las miradas tocando los gestos,
Y los gestos mirando, arañaban los ojos,
Y el final comenzando su principio
Silente, insidioso, cobarde,
Mientras el comienzo principiaba su final
Moribundo, estertóreo, patético,
Y el semillero de esquirlas estelares
Rutilaba en el vientre del cielo;
Vientre, bruno, de un dragón en vuelo
Indefinido, denso, infinito,
Y la noche, herida de tiempo...

Todo está herido de tiempo,
El tiempo es una eterna herida,
Herida que sólo se sana de tiempo

La noche corría sobre nosotros
Entre nosotros,
A través de nosotros,
Y mi corazón adolecía
De pavoroso espanto
Ante el muro que se erguía
Trágico y lapidario;
Muro de distancia,
Muro de escarabajos tétricos y devoradores,
Muro de amargura,
Muro de presidio sin muros
De abismo, de nada...
Y luego, después, lejanía,
Y tras la lejanía, miedo,
Y tras el miedo, estruendo
Y tras el estruendo, silencio.
Y todo tras una noche,
Una noche detrás de todo...
Así... y aún más:
Recuerdo.

29/3

La senda vacía atravesando las sombras
Que como sudarios vagarosos se cernían.
Los lívidos párpados de una luna espía
Hundían sus gélidas lágrimas de aljófar

Sobre la arena, en espectral alfombra.
De la arbórea e intrincada celosía
De las ramas esqueléticas, surgía
Un lamento cadavérico de fosa

Que hendía el aire en denso escalofrío.
Yo, hollando mis pasos en la umbría inmensidad,
Errado el rumbo cual náufrago navío

Me adentraba en aquella selvática oscuridad,
Con el espíritu aullando cual preso enloquecido.
Fue otra noche, fue otra vida que viví: ¡Real irrealidad!

30/3

La clepsidra está llorando
Los posos de su agonía;
Gota a gota se vacía
Sobre un vacío nefando.
Sentado ante ella, mirando
Su árida letanía,
Escucho su gris melodía
De languidez repicando.
¡Ya se acerca, está llegando!
Su última perla baldía,
La crudeza está cavando
Cual sepulturera arpía;
El sueño se va enterrando
En su indómita sequía.

31/3

A Octavio Paz

Discurriendo por una inmensa galería
Repleta de puertas sucesivas y abiertas,
De puertas sin puertas,
Repetidas, dispares, contrapuestas,
Todas semejantes a una y ninguna semejante a todas;
Puertas de abismos,
Puertas de sombras,
Puertas de crepúsculos, rabiosos, de luz amarilla,
Puertas estelares, de noches de limpidez sideral,
Puertas al mediodía, a la aurora del espíritu,
Puertas a un océano infinito de rumores y nostalgias,
Puertas a valles eternamente verdes,
Sosegadamente verdes,
Arrebatadoramente verdes,
Puertas y más puertas que dan a puertas de puertas...
Un caleidoscopio de colores entreverados
flota por el aire
Como un millar de millares de ejércitos de mariposas
juguetonas;
Hienden el aire, perlan el aire,
Son el aire del aire,
Son la luz de la luz,
Son la dimensión lumínica del vacío...
Se deslizan mis pasos por el suelo;
Suelo de tierra y raíces,
De asfalto y de piedra,
De madera barnizada del polen de los sueños,

De cemento gríseo,
De alfombras de cenefas orientales,
De niebla vaporosa e imprecisa,
Salpicada de esquirlas de diamantes de esperanza,
Suelo adoquinado con piedras de sol,
Con alabastro de luna,
Con arena de desierto...
El viento, que ulula incesante,
Trae un eco consigo, que sigo,
Que persigo,
Que creo más cercano
Y se vuelve más distante, de repente;
¿Es un murmullo de voces?
¿Es una voz hecha murmullo?
¿Es un rechinar de dientes?
¿Es el oleaje de un corazón sobre las paredes?
¿Es el pestañeo de Argos observándome?
¿Es una lluvia luchando contra la sequía?
¿Es la sequía de unos labios en quebranto?
¿Es la duda de una duda sempiterna?
¿Es el roce vagaroso de unos pasos?...
Cruza una sombra veloz y furtiva,
Sombra de palabras en sombra,
De palabras que se inflaman y se desbordan,
De palabras de cordura desbocada,
De palabras oprimidas y reclusas
Que eclosionan a la libertad del instante,
De ese libre instante que instantáneo pasa,
Sombra que busco y rebusco,
Entre peldaños de versos enlazados,

Entre un piélago de letras sostenidas
En el hálito feérico de un poema,
Sombra de la sombra de tu sombra,
Detrás de la cual mi sombra se inclina,
Sombra que se escapa a cada instante
Para mostrarse al instante y desvanecerse;
Corro y corre,
Vago y vaga,
Paro y para...
Paro ahora.
Podría seguir, pero para mi escasez expresiva
sería, entonces, lírica obesidad.
Voy acabando:
En esta eterna galería
De formas e ideas,
De ideas sin forma,
Y formas ideales,
Donde te descubro, te intuyo, te siento y te imagino,
En esta galería de tiempo detenido,
De tiempo tenaz, de tiempo escurridizo,
En esta galería de máscaras humanas mudables,
De paisajes espirituales,
De infinitud, de pureza, de honduras dolientes,
De áureas sonrisas pasionales,
De célicos remansos inspiradores...
Aquí te veo caminar...
y de cuando en cuando entro a caminar contigo.

Abril

1/4

Se oye a la voz decir:
«Renovarse o morir».
La voz debió de olvidarse:
«Morir para renovarse».

2/4

No caigamos en el engaño,
Discutir es veraz batalla:
Un ego por cada bando,
Las palabras como armas.
Humana colonización solapada,
Triunfo de los orgullos arañados.

3/4

El bastón entre las piernas,
Y sobre el puño de madera oscura las manos de hueso
Trenzadas como yedra clorótica
de arterias hinchadas y encallecidas pieles,
Manos que atesoran el tacto de los años,
Manos lectoras del lenguaje de los cuerpos,
de las formas, de las cosas,
Manos que guardan en el vacío de su memoria
La llama extinta de la historia de su tacto.
En el banco,
Bajo el sol matinal y radiante de Abril,
Solitario y observador, quizá meditabundo,
El viejo libera su sereno mirar estatuario;
Mira pasar la vida,
Mira pasar el tiempo,
El tiempo que es vida,
La vida que es tiempo,
Tiempo del tiempo,
Que es el tiempo corriendo tras el tiempo;
Fugitivo que corre contra el sol
perseguido por su ineluctable sombra,
Vida de la vida,
Que es llenar de vida el tiempo.
Mira y en su mirada hay un mirar de vida,
O mejor decir de vidas;

Vidas de la pasión,
Vidas del dolor,
Vidas de la tristeza
Y de la dicha,
Vidas de la nostalgia,
Vidas del recuerdo...
Y más... y más...
Vidas de la vida vivida,
Vidas de la vida viviente,
Vidas de la muerte.
¡Mirar implacable del tiempo!.
Mira con mirada seria,
donde emana no sé qué extraño misterio,
No sé qué arcano secreto,
No sé qué bruma lejana.
Tus ojos y mis ojos se cruzan cuando a tu lado paso...

Las pupilas son las sabias lenguas
del idioma infinito y sideral de las estrellas,
Las pupilas son oídos que en el silencio interpretan...

Y la voz de tu pupila llega a mi pupila oyente;
¿Es el eco de tu cuerpo, ya viejo,
contra tu envejecer rebelado?
¿Es tu corazón rugiendo su existencia
ante la arena del tiempo?
¿Es tu alma de niño, en tu esqueleto, encarcelada?
¿El alma sabrá de tiempo?

¿El alma tendrá su tiempo?
¿El alma será tiempo?...
Mientras te dejo atrás,
Con el tacto de tu mirada en los dedos de mis ojos,
Barrunto todo esto...
Cuando, al rato, paso de nuevo junto al banco,
Ya no estás,
El vacío, tu vacío,
parece tomar el perfil, etéreo y diáfano, de tu silueta,
Como brillante huella de tu espíritu allí impreso,
Y ante tu imaginaria y fantasmal ausencia
Me digo:
Eres un verso,
Aunque nunca lo sepas,
Aunque a nadie le importe,
Tu tiempo, que es mi tiempo, que es nuestro tiempo,
Que es el tiempo...
Tendrá su verso.
Y en esta madrugada de Abril queda escrito,
Verso osado que trata de atar al tiempo en el tiempo...
Verso, aquí acaba tu tiempo.

4/4

A estas horas de la medianoche, y voy
Con mi cálamo, versos rescatando
De la borra que el día ha ido dejando.
En denso recogimiento envuelto estoy.
La arenosa pesadumbre que arrastré hoy,
Incómodo sudario, resbalando
Va sobre mi espíritu, liberando
De su rígida extrañeza, lo que soy.
Resabio de tristeza, hielo del desaliento,
¿Venís de algún recuerdo malherido,
De un abismal vacío desconocido?
Estáis en mí; ¿Lograré domar vuestro temperamento?

5/4

Esta noche soñé que avanzaba por una tarde clara;
El sol mostraba una lividez ruborosa de azucena,
Destellaba como una ventisca de escamosa arena,
Y en el ambiente flotaba una corriente de ausencias,
raras.
Iba por calles extrañas de una costa ajena,
Presintiendo la presencia, cercana, de un oleaje,
Camino de un camposanto, en lánguido viaje,
Mirando los paisajes de distancias serenas.

No sé si, entonces, entorné los ojos,
Si seguía soñando o desperté un momento,
Pero como tras un súbito sacudimiento,
Me vi caminando sombrío y solo.
La angustia de un vacío voraz
Me envolvía,
Una idea caníbal y tenaz
Me consumía,
Me veía solo, me sentía solo y agraz,
Nadie ni nada conocía,
Soledad suprema y rapaz
Me describía.

Desperté y el día fue pasando,
Y despierto fui soñando
Los temblores de los ecos que del sueño afloraban,
Y en los oníricos pasos que daba
Me sentía envejecer palmo a palmo,
Tramo a tramo,
Trazándose arrugas marcadas en mi cara...
Y, de repente, ¡Horrible encuentro!
Me había hecho viejo
Y las dos caras de mí,
En mí se miraron:
¡Estremecimiento!

Luego, caminando, por esta supuesta tarde real, medité:
¿Sería el tiempo que viéndome dormir
Quiso dejar un mensaje en mis sueños?

6/4

Lento... más lento,
De la indómita yegua del tiempo
Tirar de las riendas.
Lento...
Que no quiero ver a mis versos
Cayendo como hojas secas,
Amontonados y viejos
En los lindes de mi senda,
Volando, fugaces, sin verlos,
Sin apenas darme cuenta,
En abstruso movimiento.
Lento... más lento,
Que quiero que broten serenos
Del árbol de mi existencia,
Lento...
Que colmen sus ramas los plectros
De mi ávida consciencia.
Líricas frondas anhelo
Sentir en mi alma, sedeñas;
Mística raíz de fundamento.
Lento... más lento.

7/4

A William Wordsworth

Sobre una roca aislada está el poeta,
A sus pies un lago de linfas tersas y azuladas,
Su frágil superficie de cristal, refleja
De la floresta, sus formas oníricas y sagradas.
Una torcaz su canto arrulla, secreta,
El sol teje brocados de oro en las nubes espaciadas,
En el viento de la tarde vibra una leve queja,
En la tierra clama un latido de élficas pisadas.
Con la frente entre las manos,
Presa del lago, también, su silueta,
El poeta medita los cauces humanos:
Vida, Muerte, Sueños, Metas,
¿Dios y Alma?, ¿Carne y Gusanos?
Místico y evocador retrato de la belleza
Es tu imagen poeta, la misma
Que sigues y ansías entre cismas
De sofismas y certezas.
Poetas en poetas proyectados.
Tú eres en mi alma narcisos dorados.

8/4

A Jose Luis Sampedro

La figura de un hombre vetusto y encanecido
Reposa en una playa, besada por la marea.
Es un cuerpo solitario y fenecido
En un véspero primaveral donde flamea
Un sol radiante, cálido y eternal.
Del mar turquesa emerge una figura;
Busto turgente de pechos desnudos,
Leonada cabellera de blonda espesura,
Y cola escamada, que en hechizo mudo,
Transmuta en muslos de sensualidad carnal.
Se postra junto a él la sirena y le besa;
El viejo abre los ojos y descubre a su amante,
Siente su mirada de calma impresa
Y en un temblor rápido y brillante
El cuerpo se esfuma como pompa de cristal.
El hombre se recuesta sentado en la arena,
Se imbuye en la inmensidad que en el horizonte divisa,
Su sombra es de niño, sombra plena,
En sus labios respira La Etrusca Sonrisa.

9/4

A Charles Baudelaire

En gríseo cielo de nublos colmado
Flota un Albatros en vuelo sombrío,
Ceniciento plumaje: su atavío,
Corta el aire, tétrico y afilado.

Con sus alas de titán condenado,
Que abate en espectral escalofrío,
Pierde plumas de enlutado rocío,
Sobre un mar proceloso y arbolado.

Yo las oteo caer a lo lejos;
Cadencia de nostalgia evocadora,
Mientras oigo en sus graznidos los dejos

De una soledad de angustia opresora.
Mi espíritu, conmovido y perplejo,
Recibe tu flor de ocaso y aurora.

10/4

«Érase un hombre a una nariz pegado...»
Francisco de Quevedo

AUTOCARICATURA

Érase un hombre a unos versos pegado,
Al que el ingenio, raro le acudiera,
Y en lugar de poemas consiguiera
Flatulencias de lirismo engolado.

Érase hombre delgado, tan delgado,
De delgadez tal, que nunca se viera;
Que sombra, su sombra, de arruga era,
Y siempre pareciera estar de lado.

Érase un esqueleto que camina,
Ausentes posaderas ponderables,
Un gracioso con gracias de gallina.

Érase que era un colon inestable,
Filósofo a cencerradas bovinas,
Ínfulas de escribir algo loable.

II/4

Pasó a mi lado;
Piel de azabache,
Tardo el paso.

De sus labios fluía;
Urdimbre sonante,
Grácil melodía;

De tierras lejanas,
Sonaba el lenguaje,
Que en ella vibraba;

Arcoíris de notas
Soplaban en el aire;
Irisadas gotas.

Mi imaginación imaginó
Lo que su imaginación imaginaba:
Raigambre, niñez, pasión,
Amor, recuerdos, esperanzas...
El puente que se trazaba
Con los quiebros de su voz
Y vencía las distancias.

¡Divina imaginación!:
Nepente del corazón,
Dádiva de las hadas blancas.

12/4

El céfiro sedeño de la tarde dice
Y repite:
«¡¿Qué estás haciendo?!»
El cendal añil del cielo, plácido y paciente;
Pregunta dulcemente:
«¡¿Qué estás haciendo?!»
La calígine que el horizonte besa
Con su enigmática espesura, reza:
«¡¿Qué estás haciendo?!»
La ría y su calmo oleaje,
Las frondas bulliciosas en las ramas,
El trino atrevido de las aves,
El sol fragmentado en ígneas escamas...
Todo clama veladamente:
«¡¿Qué estás haciendo?!»
Mi alma conciliadora responde:
«No juzguéis tan duramente,
Imperios de todo lo eterno y esencial,
A este corazón mortal,
Que el único delito que comete
Es el de soñar».

13/4

A mi padre

Y llegó aquel relámpago,
Y llegó en aquella tarde,
Como una lluvia de lirios
Marchitándose en el aire.
Y llegó como un silencio
De tañidos sepulcrales,
Como un intruso huraño,
Siniestro, agraz, miserable,
Como una jauría gañendo
Sobre los cerros de nadie,
Como una noche asolada
Por broncos cuervos voraces.
Y un estrépito sombrío
De colmillos y de llanto,
De quietud espeluznante,
De pasos desordenados
Como un cáustico oleaje
Proceloso y desbordado,
Envestía las paredes
Del dormitorio cerrado.
Cuatro formas se dolían
Un dolor envenenado,
En los ojos dos puñales
De silencio y de quebranto...
La tarde de abril lanzó
Celajes de un sol dorado;
El cielo abría las puertas
Al ángel que estaba arribando.

14/4

«Olvidar es morir...»
Vicente *Aleixandre*

Crepúsculo de silencio,
Infinitud de vacío,
Jardín de abandono y desierto,
Sepultadora niebla del camino;
¡Olvido...!
Cada vez que olvidamos, morimos,
Y vamos olvidando sin remedio,
Si el olvido es muerte que vivimos,
Es final,
Será acto de vida El Recuerdo.
Recordar: Ser Inmortal.
¡Humanos!... ¡Recordemos!

15/4

No pocas veces
he salido a caminar con la tinta seca en mi pluma;
Y no pocas
he vuelto con una estrofa en mis labios incipiente.
¿Qué tiene mi andar, oculto?,
¿Será que mis pisadas levantan
el numen de la tierra que hoyan,
Del éter que hienden...?
¿Será que en sus ecos asciende
el arcano sortilegio de la inspiración?
O será, tan sólo, que a las musas les gusta pasear.

16/4

A Paulo

Tu voz suena, resuena, en la piel esplendente de la tarde,
Mientras el sol esparce sus cabellos de polen ambarino.
Tu voz que es voz del recuerdo, que suena a ayer,
que habla lenguajes del pasado;
Tu voz que es hoy y es ahora,
Tu voz que sabe mirarme con su iris atento, preciso y sonoro,
Tu voz de mañana, siempre ahora, siempre hoy,
Tu voz que me rodea y me abraza, que se fusiona con mi voz,
Que también la mira, la contempla, la siente...
Tu voz que caracolea por el aire,
A la que imagino como a un pentagrama
de lineas y notas astrales,
Como a un mensaje volador y sutil del espíritu,
Tu voz que junto a mi voz hacen una sola voz,
Voz que pulsa el arpa edénica de la tarde...
Se posa sobre mí,
Sedeña y reveladora.
¡Qué hermoso oírte!
¡Qué hermoso oírla!
¡Qué hermoso oírnos!
¡Qué hermoso quedar inmortales en estos versos!
¡Qué hermoso: Fue!
¡Qué hermoso: Es!
¡Qué hermoso haber coincidido el paso en el camino!

17/4

Si todo es y será como ha de ser,
Y no ha de ser, jamás, de otra manera,
¿Por qué el corazón, así, tanto desespera?,
¿Desespera por no saber?,
¿Y lo hace y lo haría,
Mortal porfía,
Aun sabiendo que, sabiendo, nada cambiar pudiera?
Dejarse llevar: Hermosa quimera.

18/4

Se mueren las horas,
Se mueren los días,
¡Se muere el tiempo!

Se mueren los triunfos,
Se mueren las derrotas,
¡Se mueren los sueños!

Se muere la esperanza
Y la desesperanza,
¡Se mueren los intentos!

Se muere el futuro,
Se muere el pasado,
¡Se mueren los recuerdos!

Se muere la fe,
Se muere el ateísmo,
¡Se muere el creer que creemos!

Se muere la vida,
Se muere la muerte,
¡Todo se va muriendo!

¿Vivir es ir muriendo la vida?
¿Morir es ir viviendo la muerte?
¡Calma desesperanza!

Vida y muerte: reviviendo siempre.
Vida y muerte: caras de un mismo óbolo que gira continuamente...
¿Eternamente?

19/4

Abre los ojos de la imaginación, Lector,
Imagina y visualiza:
La luz de un sol frágil y hechizante
Desleída en una nebulosa imprecisión flotante;
Un sendero de irisada arena coralina que cruje bajo tus pies,
Mientras lo caminas, contemplas:
Porciones de hierba seca, amarilla y rala,
Rincones, recoletos, donde la umbría opacidad tenebrosa recata las formas,
Arriates de plantas marchitas, pisoteadas y muertas
Cual osario vegetal,
Hermosos y feraces zarzales floridos,
inaccesibles e intrincados,
Y flores… flores y más flores
Solitarias, mezcladas, dispares, vivaces…
Y al fondo, en la vaporosa profundidad,
intuyes el perfil coruscante e hipnotizador
De un rosal edénico,
De albares pétalos auríferos
que flamean vagarosos en el ondear de la distancia.
Allí, reposas la mirada
Observador, contemplativo, dudoso…
Te he retratado así,
con brevedad y a los ojos de mi alma, Lector,
En el óleo del jardín de los sueños.
Perdón por la osadía.

20/4

Sentado en un banco de la calle,
El cuerpo pesaroso e inclinado,
El rostro enterrado en las baldosas de suelo,
Casi como un jirón de huesos y carne,
Casi evadido, receloso, fugitivo de su propio cuerpo,
Casi ajeno,
Casi extraño,
Casi litúrgico,
Casi detenido,
Casi estatuario,
Casi un cuerpo que no sabe de su cuerpo;
En las manos un rosario,
Y por sus lentos dedos, único y dramático movimiento,
Las cuentas ruedan
Como sólidas lágrimas adustas.
Su imagen sobresale
y se intensifica en el bullicioso entorno urbano.
Tropieza mi vista azarosa
con su lienzo atristado, recogido y devoto.
¿Implora?... ¿Agradece?... ¿Reza?...
Mi espíritu, conmovido, pasa a su lado pensativo:
¿Habla con Dios?,
¿Habla consigo?,
¿Hablar con uno mismo es hablarle a Dios?,
¿Llegará su rezo a Dios?,
¿Llegará su rezo a Él?,
¿Rezará con fe?,
¿Rezará en un acto de fe?,

¿Rezará ciego de angustia?,
¿Rezará desesperado?,
¿Rezará contagiado de social inercia?...
Un dolor de escalofrío rezuma de su presencia.
Me distancio, ni me ha visto,
posiblemente ni me ha oído,
La urbe continua con su torbellino evolutivo
Olvidándome,
Olvidándonos,
Olvidándolo,
¿Dios nos estará olvidando, también?
¿Nos estaremos olvidando continua e
irremediablemente?
Él, cautivo en sus nieblas espirituales, sigue rezando,
Su rezo es, en ese instante,
Su tiempo,
Su vida,
Su existencia,
Su universo,
Su todo;
Y el universo sigue girando y flotando
En las entrañas galácticas y nebulosas de sus confines,
El universo, de universos concéntricos del universo,
Continua su trama suprema y capital.
¡Reza universo tu rezo!

21/4

Hoy no soy lo que ayer fui,
Mañana no seré lo que soy hoy;
Ni tan siquiera ahora soy
Quien empezara estos versos a escribir.
¡Humana mudanza del yo!
¿Qué perdura de ti en mí...?
¿El alma?
Cuando cierre mis ojos vivientes, al vivir,
¿Empezará, también, el alma su mudanza,
Como al cuerpo que ocupara, en semejanza,
Hacia el alma del alma, en sucesión?,
¿Eterna y espiritual evolución?

22/4

A Miguel de Cervantes

Moraste por el Parnaso
Buscando sendas de vida,
Viviendo, intrépido paso,
Pie en estribo, mano en brida;
Como sombra de un Pegaso
Con las alas malheridas
Por venablos de fracaso.
Heroica probidad zurcida.
Tú adarga, tú celada,
Tú el ristre, tú la buja,
Tú la cadena y la espada,
El ingenioso que se dibuja,
Tú Rucio, tú Rocinante,
Tú «El de la triste figura»,
Tú Briareo el gigante,
Tú la libertad y la tortura,
Tú el éxtasis y la entraña,
Tú la brillantez que ayuna,
Veleidosa Diosa Fortuna
¡Tú... la mismísima España!

23/4

A William Shakespeare

Hécate, astuta, manes invocando,
Ecos horrísonos de gruta oscura,
Beleño felón que la vida apura,
Vuelo sombrío de cuervos graznando.

Pasión a corazones desbocando,
Alevosa traición que se conjura,
Puñal en sangre, accesos de locura,
Febril arrobo del amor, amando.

Calavera en mano; en tu frente quema
Tribulación de la angustia mortal,
Gritando en la tinta de tus poemas,

Vástagos de tu progenie inmortal.
Fuiste o no fuiste... he ahí tu dilema.
¿Cuánto somos de embuste y de real?

24/4

Quisiera fluir en los días
Como un ave que planea sobre el viento;
Mitad sutilísima caricia,
Mitad estela de un eco.

25/4

La brisa busca el viento,
El viento busca la calma,
La calma busca el silencio,
El silencio, resonancia.
La resonancia un oído,
El oído una llamada,
La llamada un destino,
El destino su llegada.
La sombra busca la luz,
La luz busca la forma,
La forma, la exactitud,
La exactitud que la compongan.
La caricia, lentitud,
La lentitud, concordia,
La concordia, multitud,
La multitud, historia.
El objeto una mirada,
La mirada, reacción,
La reacción una emoción,
La emoción, ser llama.
Yo voy buscando palabras,
Mis palabras, melodías,
Mis melodías, armonía,
La armonía, el alma.
¿Qué estás buscando tú?

26/4

A Vicente Aleixandre

Palabras en los claroscuros de la madrugada,
En su voz titilan como estrellas en la aurora.
Palabras de amante, en amor de llama.
Palabras que se encuentran y se tocan.
Palabras de sangre, de aroma, de latido.
Palabras de luz que abren grietas
En la piel de las palabras de piedra.
Palabras de fe, en súbito delirio.
Palabras que desafían a la muerte,
Que a la eternidad se precipitan.
Palabras pasionales que se agitan.
Él las pronuncia, susurro esplendente,
¿Y si las palabras no muriesen algún día?
¿Y si tus palabras perdurasen todavía?

27/4

¡Ochenta años y un día!:
En el cielo de la tarde
Calambres de agonía
Cruzan con eco de alambre.
Sombras de acero cobarde
Desgarran la luz en trizas,
Sus siniestras huellas de gigante
Se ciernen sobre Gernika.
¡Ochenta años y un día!:
Las campanas repicando
Tañidos de huesa caníbal,
La muerte, a espuela, entrando.
Los hogares se destripan
En piedra y ceniza de llanto,
Los escombros son osarios,
El espanto grita y grita.
¡Ochenta años y un día!:
Las calles, sepulcros de aire,
El humo un crespón infame,
Y el silencio, macabra elegía.
¡Ochenta años y un día!:
Y Gernika tiene espejos
Con su triste simetría.

28/4

Los charranes trasminan las profundidades del aire;
Silfos cenicientos del atardecer,
Tan gráciles, tan leves, tan flotantes,
Que entre la luz se confunde su vaivén.
Las gaviotas graznan su lenguaje
De ironía riente, en el *Nordés*,
Con su armónica cadencia danzante,
De aquí, de allí, de nada a la vez.
Los cormoranes, saetas rasantes,
Negro sombraje en la oceánica piel,
Acuden a fundirse al oleaje
Vagarosos a mis pies.
Aves de mi costa amada:
¡Volad, volad hacia el mañana!
Mi pluma, con vosotras, vuela también.

29/4

A Constantino Kavafis

En el ágora vacía
El hombre medita:
En su mente imagina
Una galería de límite impreciso
Por la cual camina.
Una fila de bujías
Flanquean su avance sereno,
Sus brillantes pábilos, estelares, titilan.
A cada paso dado
Una vela se apaga
Y su humo se propaga
En una voluta sombría.
A su espalda se acumulan
Sus perfiles tristes y gastados;
Otrora albura, ogaño ceniza,
Cerúleos cadáveres mellados,
Aislados hitos de la vida sin vida,
De las otras vidas de su vida vivida.
Él las contempla con un espasmo
Cáustico de tragedia.
Luego vuelve la cabeza,
Mira al frente y sigue caminando,
La hilera sigue y sigue… Ardientes, proféticas chispas,
Todo paso, pasa, hacia algún lado:
¿Irá hacia Ítaca?, ¿tal vez a Alejandría?…
El hombre meditando
En el ágora vacía.

30/4

¡Furia... Furia!
Se vomitan las palabras
Como navajas asesinas.
¡Furia... Furia!
¿No te escuchas?...
¿No me escucho?...
¿No me escuchas?...
Solo granizan calambres de vísceras de espina.
¡Furia... furia!
Me salgo de mí,
Ya no soy yo,
¿Quién soy?
¿Quién me posee?
¿Cuándo, cómo ha entrado ese «No Yo» en mis costillas?
¡Furia... furia!
Velo de légamo proceloso
En los ojos del espíritu,
Hiere, ego nefando, apuñalas como un suicida.
¡Furia... Furia!
Maldita, retorcida, atroz,
Sorda áspid enajenada,
Absurda, gélida, buida.
¡Fuera Lestrigón desesperado!,
¡Veta ya, huéspeda mezquina!

Mayo

I/5

1886

Tres cadenas que se arrastran;
Mutilado silencio de fosa.
Tres espíritus se agostan;
Infecta roca alambrada.
Tres chillidos que se ahogan;
Ciega balanza sesgada.
Cinco mortajas desfilan;
Eco de mudo calvario.
Cinco sogas de cadalso;
Tensa oscilación maldita.
Cinco cuellos dislocados;
Rigor de tez palidecida.
Cinco esqueletos girando;
Huele a muerte en las esquinas.
Cinco yagas heridas;
Fragor de canto libertario.
Ocho mártires de bravura,
Ocho titánicas columnas
Contra los huracanes tiránicos.

2/5

Bosquejo entre mi memoria
Cuanto a mis ojos empapa,
Caligrafío los mapas
De acuarelas transitorias;
¡La belleza es una noria!
Los pinos, ¿qué se dirán
Mientras las horas se van?
El mirlo traza su vuelo
Contra el nemoroso velo;
Las brisas trinando están.
Un ámbar de primavera
Se deshace remansado
En oropel recamado
Sobre las verdes laderas;
¡La belleza pasajera!
Las ramas van extendiendo
Sus frágiles dedos, moviendo
Sobre el sendero vacío
Pestañear de rocío.
¡La brisa está sonriendo!

3/5

Ciego, voy repitiendo
A mi pendular abatimiento:
«No hay viaje que lleve a ninguna parte,
Tanto creas ver realidades, como sueños,
El destino siempre, siempre, es el viaje».

4/5

«Retirado en la paz de estos desiertos...»
Francisco de Quevedo

Lanzo, de contino, mis ojos en las honduras del tiempo;
Aves de sueño,
Cordajes invisibles,
Sondas sedientas,
Anclas ingrávidas.
Mis ojos respiran,
Mis ojos sienten,
Mis ojos discurren,
Mis ojos están, en ese piélago de ojos, mirando,
Mis ojos abren sus pupilas auditivas de tímpano irisado,
Mis ojos escuchan.
Mis ojos dialogan,
Mis ojos aprenden,
Mis ojos meditan,
Mis ojos son veneros donde dimana la vida recorrida,
La vida transida,
La vida rubricada.
Mis ojos son ventanas en el hoy, del ayer hacia el
mañana.
Mis ojos son labios mudos
Que transforman los signos en letras,

Las letras en palabras.
Camino las palabras,
Rebusco las palabras,
Aspiro las palabras,
Me encuentro, me extravío,
Me contemplo, me obsesiono,
Me transformo, me conformo,
Me arrobo en las palabras.
Mi lengua prueba el lenguaje, la rima, el sabor... de otras lenguas.
Mi corazón late el latido de otro pulso, otras venas, otra sangre...
Mi mente abre sus espacios a la lúcida luz de otras luces pensantes.
Mi alma toma conciencia de alma,
Mi alma cree en sí,
Mi alma se hace más alma
Al presentir las almas plasmadas,
Encerradas,
Engarzadas
En tinta y en papel.

Voy a seguir leyendo.

5/5

Laguna de aquietada tibieza,
Recoleta en mis mundos interiores,
Donde una Náyade afina, señera,
Silbos de lánguidas canciones.
Afloran volátiles vapores
De sus tersas aguas secretas,
Como una espiral de yedra
Que humedece el alma, en sus rincones.
Rayo pálido de luna,
Furtivo esplendor de alborada,
Enemiga taciturna,
Inquilina inesperada.
Quemas y a la par enfrías;
Eres tú, Melancolía.

6/5

Te he sentido en el raso ilimitado de la noche,
Como el que intuye una presencia
Encontrándose a solas;
Mirándome con ojos de abismo y sombra,
Con un giño de estrellas que se esconden.
Una angélica caricia ha alentado mi memoria.
Recordé, volví a mirar, y sólo hallé el celeste orbe.
La madrugada corre, yo escribo, ¿te esconde su silencio,
ahora?

7/5

Los mirlos charlan su júbilo
Al embozo del abeto enhiesto,
Gigante imponente y lento,
Siento un latir telúrico.
¿Me reconoce este suelo?
¿Hay, entre tierra y hombre, un nudo?
¿La memoria de mi recuerdo
Es el diedro de su lembrar oculto?

8/5

De Realidad herido.
Pupilas asoladas,
Tímpano ensordecido,
Al costado, dentelladas.
De Realidad malherido.
Palabras desangradas,
Labio enmudecido,
Médulas desoladas.
Herido de Realidad.
Voy la realidad viviendo,
Grietas en la oscuridad
El espíritu va abriendo.

9/5

Izar a los encomios, el valor,
Apuñalar de olvido a la valía,
Obrar sin reparar en osadía,
Mutilado el instinto pensador.

Escupir las palabras sin rubor,
Oír la voz, desoír con porfía,
Ciegos de miedo: urdida alevosía,
Sepultada confianza de esplendor.

Medir el camino por las certezas,
Enlodar el cristal de la esperanza,
Creer en rigores, obviar bellezas.

Entre toda la innúmera enseñanza
La esencial se pierde entre la maleza:
Vivir en interna y externa alianza.

10/5

Me hallo en la línea confusa
Del horizonte crepuscular,
En la vedija vaporosa de las nubes
Despeinadas por el cielo,
En las albas huellas de espuma
Del inquieto oleaje,
En las crenchas de esmeralda de los valles
Insomnes en su plácido sueño.
Me hallo en el latido milenario
Y compasivo de los árboles,
En el presagio indescifrable
De las titánicas y brunas pestañas del universo,
En la tersura inmaculada y celeste
Del límpido firmamento,
En el lumínico y disperso
Hálito del sol.
Me hallo en la risa gárrula
De los entreverados trinos,
En el tacto sutil y preciso
De la clámide del viento,
En la solidez inerte, en la víscera telúrica
De la silente piedra,
En el eco que mis huellas vagarosas
Repiten en las sendas que trazo.

Me hallo en las riberas brumosas,
En la mar infinita que todo lo imagina,
En los pétalos diamantinos de la inquieta lluvia,
En la noche que sueña magias y leyendas,
En el silencio, originario
De las alas de cristal de la aurora,
En el imperio absoluto del tiempo...
Me hallo en el todo y en la nada que me circunda,
Y en este efímero, irrepetible y mortal
Pasaje del instante...
Me hallo, también, en ti.

II/5

Dentro, en ese mi espacio indefinido,
A la par tan remoto y tan cercano,
Álveo silente de venero arcano,
Polen de luz de los versos dormidos,

Valles de bruma, mares descreídos,
Mosaico de estrellas, soles rayanos,
Dudas en vuelo feroz de milano,
Mística certeza, inmortal aullido.

Fuera, ¿Qué te diré...?: Los universos.
Entremedias mi piel como frontera.
Difícil de discernir faz y anverso,

Quizá aquí no exista el dentro y el fuera
Y son símiles perfiles inmersos
En la tersa perpetuidad postrera.

12/5

Es de noche,
Resuella el silencio,
Quiero hablarle a Dios

Un humilde rezo
De pagana comunión,
Mi alma se recoge,

Los ojos cierro,
Lo llamo... aguardo... espero su voz;
Nadie me responde.

Todavía de noche,
Obstinado el silencio,
A falta de Dios, voy a hablarme a mí,

Los ojos he abierto hacia dentro,
Trenzo coloquio, matriz,
Y un susurro, tenue, se oye.

Dios, ¿Tienes algo que decir?

13/5

Es, ya, madrugada,
Me acuesto loco de palabras y de versos,
Casi en febril letanía,
Palpitante el cuerpo.
Pliego la mirada
Y me digo: ¡Calma, calma!,
Sosiega el ansia, alma mía,
También hay vida más allá de la poesía.

14/5

Al Olivo

Detengo en tu ramaje mi mirada
Mientras cabalga el cielo proceloso,
El viento te acaricia, cuidadoso,
En romance de músicas calladas.

Con tus verdes retinas denodadas,
De vigía centenario y nudoso,
Observas, callas, guardas, cauteloso
El latido de la urbe obstinada.

Ahondas tu raigambre en las entrañas
De este suelo Vigués que te venera,
Venciendo al tiempo y su densa maraña,

Del atrio a la plaza, en savia viajera.
¡Sueña, Olivo, sueña y desengaña
El despertar que en sueño desespera!

15/5

A lomos de mis versos
Cabalgo los llanos del tiempo,
A veces parece que marro,
A veces parece que vuelo.
A lomos de mis versos
Por el tiempo voy hacia el tiempo,
A veces parece que salgo,
A veces parece que llego.
A lomos de mis versos
Voy acariciando el tiempo,
A veces parece que en llanto,
A veces parece que riendo.
A lomos de mis versos
Voy desgranando el tiempo,
A veces parece despertando,
A veces parece que en sueños.

16/5

Sigo la línea nemorosa de los cedros,
Sus sombras cobijan mi andar vagabundo,
Aguzo el oído a su rumor discreto;
¿Acaso arrullan un poema desnudo?
El mar bosteza su caliginoso cerco,
Mido los arbóreos perfiles, uno a uno,
Pasan ellos, pasa la gente, pasa el tiempo...
Y Yo...
Yo hoy tengo esa melancólica inquietud, cual nudo.

17/5

«A Casares dende Rosalía,
Polas Letras Galegas, no seu día»

Letras de pranto,
Letras de dor,
Letras de espanto,
Letras de paixón.
Letras de ilusión,
Letras de orgullo,
Letras de emoción
Letras de triunfo.
Letras de loita,
Letras de xugos,
Letras de gaiola,
Letras de murmurios.
Letras aferrolladas,
Letras no escuro,
Letras fanadas,
Letras mais alá do mundo.
Letras alumeadas,
Letras da suor e a porfía,
Letras ensanguentadas,
Letras de melancolía.
Letras da morriña,

Perdón, non atopo
as palabras...

«A Casares desde Rosalía,
Por las Letras Gallegas, en su día»

Letras de llanto,
Letras de dolor,
Letras de espanto,
Letras de pasión.
Letras de ilusión,
Letras de orgullo,
Letras de emoción,
Letras de triunfo.
Letras de lucha,
Letras de yugos,
Letras de tortura,
Letras de murmullos.
Letras esposadas,
Letras en lo oscuro,
Letras mutiladas,
Letras de ultramundo.
Letras iluminadas,
Letras de sudor y porfía,
Letras ensangrentadas,
Letras de melancolía.
Letras de la morriña,

Perdón, no hallo
las palabras...

18/5

A Mario Benedetti

Estandartes, pendones, banderas,
Límites, escudos, creencias,
Dogmas, raíces, razas,
Lenguas, conciencias, esperanzas...
Podría seguir, sustantivar mil veces la patria
Y todas sonarían veraces y certeras;
Más sólo hallo una patria, de fondo, verdadera:
Nosotros.

19/5

«He leído un poco,
He sentido bastante
Y he pensado mucho...»
Gustavo Adolfo Bécquer

Siento que no sé pensar,
Pienso si sabré sentir,
Y entre sentires y pensares, leo
Menos de lo que debiera decir.

20/5

Las tibias y leves palmas del alba
Rozan los cristales,
Los presionan con su nacarada pujanza
De célicos afanes;
Diríase que ansían, delicadas,
Descorrer los cortinajes
De la habitación callada.
Fuera, dos cipreses, pugnan contra el viento
Sus copas espigadas,
Danza de pausado movimiento
De manijas separadas.
Dentro, el aliento amigo, resuella sereno
Y yo comienzo a escribir palabras
Sin saber qué estoy diciendo.

21/5

A Las Islas Cíes

Pardas, sobre el horizonte,
Os contemplo soberanas,
Bajo un crepúsculo roto
De luciérnagas de ámbar;
Como sultanas de piedra
Y fronda, y arenas blancas,
Cual guardianas ancestrales
De los valles y las aguas.
Me recibís murmurando
Un lenguaje de añoranza,
Ingrávido lienzo isleño
Que mis costuras ablanda.
Hoy que a vosotras retorno,
La vista herida en marañas,
Os dejo escrito en romance
Lo esencial de la Distancia.

22/5

A Víctor Hugo

En la quietud de la cripta silente,
Burilada por sombras rigurosas,
La tumba, solemnemente reposa,
Cubre un cendal de tristeza el ambiente.

Tímida y armoniosa, quedamente,
Va creciendo una voz entre las losas
Con tintes de auroras caliginosas
Y el eco, recoleto, de las fuentes.

Hiende la piedra y el aire recorre
Como una melodía liberada
Desde la entraña de una isleña torre,

Y se hace espíritu de lentas pisadas
Que, pensativo, los espacios corre
Dejando pétalos de rosa ansiada.

23/5

A José de Espronceda

Cabecea en la bahía
El velero, soñoliento.
El cielo es un ornamento
De sideral celosía.
La noche sobre cubierta
Hace su ronda desierta,
Las hondas son un rumor.
En la popa silenciosa,
Junto al fijo gobernalle,
Donde la luna, al detalle,
Su haz de porcelana, posa;
Como un pardo centinela,
Que entre las tinieblas, vela,
Se divisa un ruiseñor.
Arrulla un gárrulo canto,
Doliente e inmarcesible,
Apasionado, invencible,
Sobre el viento, como un llanto,
Y en la pluma del poeta,
Y en su lira secreta,
Hace nacer un temblor.

24/5

En el nombre de Dios...
Y la tierra es sangre.
En el nombre de Dios...
Y las llamas devoran.
En el nombre de Dios...
El látigo y la horca.
En el nombre de Dios...
Las cadenas, los alambres.
En el nombre de Dios...
Y los cielos se rompen.
En el nombre de Dios...
El puñal y la bala.
En el nombre de Dios...
Las paredes estallan.
En el nombre de Dios...
Y lo humano no es hombre.
En el nombre de Dios...
Pero Dios no tiene nombre.

25/5

A Pedro Calderón de la Barca

El sabio, señero, estaba
Sentado en un escabel,
Surcando sobre el papel
Su cálamo rubricaba
Estrofas, cual un bajel.
Sus horas fueron volando,
Su vida rimó soñando,
Y hoy que el mundo es un estruendo,
Me ves a mí recogiendo
Lo que el sabio fue dejando.

26/5

Hará la vida que olvides la vida,
Que olvides el tiempo, olvides la muerte...
Mas tú no te aflijas humana suerte;
La vida del alma, ese olvido olvida.

27/5

El poeta precisa de los álveos inesperados del viento.
El poeta precisa de las ingrávidas acuarelas celestes.
El poeta precisa del temblor de las auroras,
De la quietud de los ocasos,
Del prisma diamantino de los astros.
El poeta precisa del diálogo inerrable del silencio,
De la oquedad serena y suspensa de la noche,
De la isleña soledad, cáustica y redentora.
El poeta precisa de la espina y del pétalo,
De la crisis, de la duda, del deliquio,
Del reír la lágrima y llorar la risa,
Del pensar emocionado y el sentir reflexivo.
El poeta precisa... y yo, preciso del Poeta.

28/5

Halla en los espacios de tu espíritu, Mortal,
Para el nudo de espino que sustenta el ego,
El dolor, el temor, todo sentimiento ciego,
El rumbo hacia el latido de unción universal.

29/5

A Juan Ramón Jiménez

Llegó a mí tu voz un día,
Tu voz de ninfea y de lirio,
De bulbul apasionado
En los jardines dormidos.
Llegó como un cáliz suave,
Como un nepente llovido,
Al tuétano de mis cuitas,
¿Azar, fortuna, destino?...
Y germinó cual rosal
De crepúsculos empíreos,
Como un lampo que en la niebla
Sesga un fanal encendido.
Hoy entre celajes tenues,
Bajo nublos esparcidos,
Mientras se rompen, del mar,
Las estelas cual suspiros;
Con los álamos temblando
Sus iris de verde guiño,
Y un bóreas irreverente
En las calles atrevido,
Van tu espíritu y el mío
Como dos reflejos lánguidos,
Cadenciosos, pensativos,
Deambulando nostálgicos.

30/5

Entre los álamos del parque liento,
Tras cedazo de sombras y esplendores
De inquietos Helios, de albinos rubores,
Yergue la fuente su herrumbroso acento.

El surtidor desgrana como un cuento
Su acuífero lenguaje de rumores
Mientras beben las aves sus licores
De zafir, cual vívidos ornamentos.

Las gotas del estanque circular
Van quebrando su quietud remansada
En tímido y elíptico singlar.

Tú que callaste mi angustia arrasada,
Cómplice y aislada sobre tu altar,
Hoy ves luz de recuerdo en mi mirada.

31/5

A Walt Whitman

Hay un hombre tumbado en la verde colina,
Entre la yerba feraz impelida por el viento,
Le besa un templado sol de primavera las mejillas,
Y un profundo latido terral le va envolviendo.
Siente en sus manos correr las hormigas,
Y acaricia las delebles raíces con los dedos,
El aire, como una guirnalda de perfume en la brisa,
Cosquillea en sus pulmones como luciérnagas en vuelo.
Cana la barba y el cabello, la frente reflexiva,
Con los ojos cerrados se siente el centro del abismo astral.
Abre los ojos y está el centro del universo en sus pupilas;
Océano y gota, calma y vendaval.
Los segundos como eras se culminan,
El silencio del mundo conspira su verdad,
Y sus labios gastados entonan la rima
Del unitario canto supremo de la eternidad.

JUNIO

I/6

Punzante y confusa volatería
De nebulosas ideas sin forma.
Abstruso diálogo que transforma
Las palabras en grises celosías.

Un áspid por mis vísceras se guía
Como incesante hiel que se deforma
En visajes, trémulos, que conforman
Una sima de ansias, terca y umbría.

De la madrugada como inquilino,
En la quietud de la alcoba me acuesto,
Prendido de estas dudas que origino,

Imbuido por la prisa que detesto.
Cierro los ojos y al soñar me inclino;
Sueño, tamiza el alma, acude presto.

2/6

Tan... Tan: La culpa agita su esquilón,
Se encamina lóbrega y desastrada.
Tan... Tan: En su Vía Crucis atrapada,
Cual fantasma, enteco, en viejo salón.

Tan... Tan: Lapidario tañe su son
De remordimientos a dentelladas.
Tan... Tan: Tremola en las venas crispadas,
Agreste y opresiva cerrazón.

Estela heredada y aprendida,
Que el inconsciente, mecánico, huella.
A un puerto ir con las velas recogidas,

A corriente del Culpable, en querella.
Mas atento, nunca olvides, humano;
Que quien siempre la agita es tu mano.

3/6

Vereda de cemento entre las hondas,
Besada por sus labios espumosos,
En la piel, sutil, de las aguas, rondas
A tiempos y paisajes veleidosos.
Mi vagabundear, tus fronteras, sonda
Perdido, encontrado, triste, animoso.
No hay recodo en tu onírico trazado
Que confunda mi sombraje alargado.

4/6

Lento, aquietado, diríase que detenido
Serpea, de las vegas norteñas, sus orillas;
Con tiento materno, guardando gallega villa.
Absorbe los colores como un espejo bruñido,
Repite las formas vagarosas su tejido
De linfas magas, de aturquesadas maravillas.
Hacia ti, un sauce, los lánguidos brazos humilla,
Entre los álamos, ribereños, desvaídos.
Las dríades, sobre el agua, cantan tonadillas
De sueños y nostalgias y amores descosidos.
¡Fluye feérico sendero, fluye a tu mar!,
Mirándome en ti pienso: ¿qué agua me ha de llevar?

5/6

A Federico García Lorca

La primavera andaba
Enloquecida
De aplausos y guitarras
Y seguidillas;
Gitana en los caminos,
Se revolvía
Preñada de granadas
Y de aguavivas.
Con estrépito de arpas
Y mediodías,
Pare soles de sangre,
Lunas y orquídeas.
Canta la madrugada,
Los nardos chillan,
Pífanos en los vientos,
La mar delira.
En la tierra cayeron
Albas semillas;
Raíz de la hermosura
Crecerá erguida,
Celajes en palabras,
Lenguas de brisa,
Llantos de errante aullido,
Pasión ardida.
En la garganta, clamor
De alma furtiva,
Los cálamos del mundo
Sueñan poesías.

6/6

Lc llevo grabados en la memoria
C no un reducto de luz radiante,
C no el vuelo de un cometa, lejano, en el crepúsculo,
C no una caricia inesperada en la mejilla.
Al azados, suspensos, estatuarios,
Er olfados sus límites corpóreos en un océano de quietud
pr :isa.
Lc ojos cerrados, diríase que los alientos contenidos.
N se miran, sólo se tocan,
Sć) se sienten,
Sć) se laten.
Fa ulo sus cuerpos como un solo cuerpo,
Sı venas como contiguas venas,
Sı corazones como un metrónomo visceralmente
ac npasado,
Sı pensamientos como un lienzo de comunes alburas.
Er sus semblantes, una paz serena de dilecta unión.
Y enso cuando buceo en su imagen retenida:
¡T davía no agoniza!,
¡T davía hay esperanza!

7/6

En la esquina, parada, como un fantasma afable,
Presa de las horas estancadas en la nada.
El pañuelo enroscado, como toca monástica,
Testimonio, humilde y diáfano, de la estirpe apartada,
Mas nunca olvidada.
En el rostro la grafía, plástica y acartonada, de la vida tallada,
De la vida zigzagueante,
De la vida insospechada,
De la vida meridiana y rotunda.
Extiende su mano de hueso,
Su mano venal y nudosa,
Con la templanza de la inevitable e incómoda costumbre,
Hacia el presuroso extraño que se desliza junto a ella.
Ignorada,
Evitada,
Despreciada,
Olvidada...
Y de cuando en cuando, su gesto silente y leve,
Su gesto compasivo,
Su gesto de rigurosa dificultad inadvertida,
Obtiene la ínfima atención impetrada:
Una moneda, un gesto, una cercanía...

La nano y el alma,
El rgullo mancillado,
G ırdan las reliquias conquistadas.
Y que la he visto y me he visto,
Q la veo y que me veo
E l acto que retrato en otros, pienso:
¿L hago por ella, lo hago por mí?,
¿A llo su miseria o la mía?,
¿E altruismo o egoísmo?
S oz de acento lejano me da las gracias,
M sonríe,
S río a su sonrisa y un rayo de célica templanza
In nda los confines de mi espíritu
Y edito:
M que su pobreza
A ía llenar su soledad.

8/6

Los castaños, en el parque,
Cual colosos seculares
Van almenando la acera

Con un fulgor de turquesa,
De pendulares pavesas
Al abrigo de las calles.

Mientras las fuentes esparcen
Su monotonía lienta
Al olvido de la tarde.

Yo confundido entre ellos,
Como epifanía siento:
Pueden sentirme, escucharme.

9/6

¿Por qué es más fácil germinar un poema
Que hacer a sus versos vivientes?
Eterno dédalo recurrente:
Desanudar los dilemas.

10/6

Bajo el cobijo mesto de las frondas,
Casi imperceptibles, casi olvidadas,
En laguna de sombras soterradas,
Un par de peñas, la tierra, zahonda.

Cuando mi paso elíptico las ronda
Y escarban mis pupilas, descaradas,
La quietud de su celda delicada;
Un escalofrío mi pecho ahonda.

Aquí, el amor que fue tremoló un día,
Aquí se hizo palabras fabulosas,
Aquí fue libre aliento de poesía,

Aquí nacimiento de etéreas rosas.
Aquí ahora sólo hay melancolía
Que ni araña ni hiere, que es sedosa.

II/6

Pa aba por la vereda como tardíamente acompasado,
N nostálgico ni doliente ni animoso;
Al o ausente del tiempo,
Al o ausente de la vida,
Al o ausente de mí,
Só o preso del instante,
Co no si yo caminase conmigo sin ser yo,
Co no si hubiese un Yo en pies y otro en mi cabeza
M ntras iba siguiendo la linde
D los cambiantes ramajes.
Fu entonces cuando, hendiendo un ángulo oscuro del
bc aje,
Se tí en mi piel el abrazo de sus sombras gráciles y fugaces
Co n su tacto de clámide vaporosa,
D porosidad templada,
D beso mágico;
Y i Yo, de acuerdo con el Yo que lo guiaba,
Sc ó sus versos mientras avanzaba.

12/6

Mi vieja compañera de viaje,
Del viaje del sueño de los días,
Hermana, fiel, de mis cuitas umbrías,
Bizma de las yagas de mi bagaje.

Bajel sin velamen, al abordaje
De los anhelos que el magín ansía,
Con su estela de dúctil armonía,
De sextante, en el mástil, su cordaje.

Te contemplo en la pared apoyada
Henchida de templanza y de mesura,
Como el arpa por Bécquer dibujada,

Y se estremece nuestra ligadura
De lágrimas y lampos y de nadas.
Guitarra; mi alma en tu alma perdura.

13/6

A Fernando Pessoa

Asciende por la colina
Una oscura silueta
En la tarde que declina.

Entre el verdor que la aprieta
Se abren estelas confusas
Que lentamente camina.

Lega tristeza infusa,
Paciente resignación
Y heterogénea cruceta

De calma contradicción,
Como aliento desvaído
Al rosicler de las musas.

Y en la cumbre detenido,
Agitando su sombrero
Saluda al campo florido,

Y una sonrisa difusa,
Del saber que nada sabe,
En sus labios es lucero.

Y en mi silla, cual otero,
En mis manos luce claro
En los versos donde cabe.

14/6

A Jorge Luis Borges

Se escuchan pasos en la biblioteca,
Rebotan como pulsos apagados
En el extenso vacío aquietado,
Cual océano ondular que se obceca.

En los pasillos que el silencio ahueca,
Cubiertos por espectros anublados
De estáticos sombrajes disfumados
Vaga una anciana mirada reseca.

Casi gris, casi incierta, casi ciega,
Recorre los anaqueles henchidos,
Como ave que va buscando su nido
En un bosque que, a poco, se disgrega.

Y ayudado de su bastón se allega
A un escritorio en el centro sumido,
Y se sienta ante él como atraído
De una arcana lluvia que lo riega.

En su palma izquierda un reloj de arena,
Bajo su diestra tiene un libro abierto,
Su mirada, en el espacio desierto
Que le ciñe, es busto de luna llena.

En las cenizas del recuerdo encuentra
Símbolos y palabras buriladas
De las líneas antaño devoradas,
Y en sus trazos, cayendo, más se adentra,
Y sus ojos ven luces de alboradas.

15/6

El día se revuelca en piélagos de luz,
Los paisajes, el aire, el viento, las formas...
Todo parece teñido de azul.
La belleza, desatada, parece desbordar a la belleza...
Soy un brochazo de tiempo,
Una mota palpitante,
Un eslabón pensante
Que se siente, ¡Craso y contumaz error!, su epicentro.
Y mientras mi vista abarca todo lo que puede,
Todo lo que alcanza su humana y condicionada limitación;
Mientras en mi piel habita toda esa cenefa de hermosura
empírea y sustancial,
Mientras la vida despliega sus hábitos de fiesta,
En mí reptan estas viejas culebras conocidas,
Como hojarasca venteada en las entrañas,
Como semillas esparcidas en las tierras de la nostalgia,
Como el bramar de un oleaje al fondo de un oscuro
precipicio.
Y así me rebelo, en una rebelión serena, que es un rebelarse
pensativo:
¿A qué esta angustia, este abismo, esta celeridad
desasosegada?...
¿A qué todo este desatino?...
¿No debiera bastar este beso edénico que recibo?...
Inspiro y expiro...
Inspiro y expiro...
Y siento que la brisa llega a las madejas del ansia,
Y siento el cosquilleo de un poema que emana,
Y camino con la duda haciéndose estrofas recurrentes.

16/6

¿En qué piensas mortal
Cuando reposas en tu tálamo del sueño?
Cuando las sombras deforman las formas,
Cuando toman forma de ingravidez murada,
Cuando hasta tú te haces sombra
Y la noche es una realidad
Olvidada tras los cristales...
¿En qué piensas mortal?
Cuando ya no hay máscaras
Y el silencio aprieta,
En el momento en que te encuentras irremediablemente contigo,
Cuando por un trance fugaz o un dilatado intervalo
Te mira, te sientes, te escuchas...
En uno de eso pocos instantes supremos en que rozas la veracidad;
Lo real de ser tú,
De sentir, tú,
De pensar, tú,
Y no de ser espejo de reflejos.
Piensa en que piensas, mortal,
Que ese pensar no te engaña,
Y quizás halles rastros de respuestas.
Es de noche... voy a apagar las luces... voy a pensar.

17/6

Se agosta, cual páramo seco, el cielo,
Sojuzga, firme, la tierra sedienta;
Esta tierra de luenga anchura lenta,
Con un rigor de flamígero velo.

Se yergue, la vieja torre, del suelo
Castellano, y vertical se asienta;
Ieronimus su índice, pétreo, orienta
Hacia las alturas, en terco celo.

El viento consumido por las llamas
Derramadas de un Helios implacable,
Se torna aire de cendra, irrespirable;

Y yo, sacudiéndome sus escamas
Ardientes, de las calles en su trama,
Siento al tiempo derretirse imparable.

18/6

¿Qué tiene la lejanía del horizonte,
Qué tiene este sol dentellado por la bruma,
Qué tienen la quietud de las aguas,
De los valles,
De la bahía...
Qué la distancia de los perfiles del paisaje,
Qué tienen estas horas
En que el cenit es un campo de amapolas,
Un teatro de fulgores desleídos en umbrales de sombra,
Un instante de eternidad detenida,
Qué tienen que me traen nostalgias
De vacíos de tiempos no vividos?

19/6

Acudo a mi cita con las letras,
Traigo el corazón encogido,
La noche está tan callada
Que puedo oír su exhalación pausada,
Garabateo emociones incontenidas:
El tiempo efímero,
La horrísona y pútrida vanidad,
La ausencia, el miedo, el desengaño,
La extraña vida ineludible...
No tengo ganas de escribir
Y ansío decir tantas cosas...
Tentado de romper este papel,
De arrojar a la inexistencia este poema,
Me detengo y suelto las riendas de la exigencia.

20/6

Sí, podría arrebatarme de lirismo
Y enlazar simbolismos y metonimias
Precisas, medidas, escogidas.
Podría esforzarme en alzar estrofas
Que arrojasen suspiros, escondiendo gritos;
Pero voy a decirlo con sencillez,
Diáfano y sin ambages:
Tengo indecibles impulsos de romper en llanto.
Pero no, lector, no voy a hacerlo,
¿Y sabes por qué?
Porque este pesar no lo merece.

21/6

Mi padre y yo
Sobre la suave y verde pendiente, que contempla la bahía
Como alzada en un balcón isleño hacia poniente,
Está impresa la estela invisible de nuestras sombras;
Sombras del instante huido,
Sombras de lo irrepetible,
Sombras de la presencia de la ausencia;
Como dos pulsos que no se oyen y se sienten,
Como dos formas fabuladas
Que irremediablemente se presienten,
Como dos mosaicos de vapor impreciso que se
descubren a contra luz.
Y así, ambas sombras dialogan como lo hacían antaño,
Se escuchan,
Se descubren,
Se dejan ir en una mañana eterna,
Presas de la eternidad por el recuerdo.
Ahí están y estarán tu sombra y la mía,
Mientras pasee junto a ellas en la suave pendiente,
Mientras ellas, en la suave pendiente, paseen junto a mí.

22/6

Formas apartadas,
Fugitivas,
Perseguidas...
Creen alejarse y se aproximan,
Simetría de espejo: Reflejo y continente,
Mi Yo corriendo un callejón
Escapando de su sombra,
Y mi sombra escapando
En ese callejón, de su Yo;
En el callejón del miedo,
En el callejón de la duda,
En el callejón del tiempo.

23/6

«Es la hora de la lechuza...»
R.M. del Valle Inclán

Tiembla, arcana, la floresta,
Los perros están aullando,
Las alimañas reptando
Y el silencio que protesta.

El viento rasga las lomas,
Las brujas están danzando,
Las verrugas supurando,
Los manes trenzan su idioma.

Carcajadas espectrales,
Suenan huesos restallando,
Fatuas llamas crepitando,
Estrépito de cristales.

Las náyades delirantes
Cruzan las frondas cantando,
Los sapos, rumian, croando,
El búho observa acechante.

La magia tiende su aliento,
La raigambre palpitando,
Las quietudes conjurando,
Los grillos arman su acento.

El reloj desgrana horas,
Crecen sueños desafiando,
Sortilegios despuntando,
El humo formas devora.

Languidece el lubricán,
El cielo se va estrellando,
Todo es misterio flotando,
Es la noche de San Juan.

24/6

¿Y si el Yo que creo ser
No fuese el Yo que soy?
¿Y si el Yo que soy
Fuese, precisamente, el que no quisiera ser?
¿Y si aun siéndolo, tal vez, ese yo no fuese acertado?
¿Y si estuviese dando pasos insidiosos hacia lo que huyo?
¿Y si fuese el envés del espejo en lugar de ser la faz?
¿Y si estuviese viviendo sueño o engaño?
Tengo el temor tenaz, tentacular, tendencioso:
¿Y si Yo dejase de ser Yo?

25/6

Súbito, intrincado, cegador, incisivo...
Surgió sobre el bruno páramo nocturno
Cual si una raíz del célico mundo
Se mostrase a mis mortales ojos pensativos;
Y con su crujido fulgurante, incontenido,
Sonido de quiebro axial profundo,
En mi pecho otro romper, especular, vislumbro;
En los cielos de mi ansia un eje está perdido.

26/6

No temas temer, el temer te hará valiente,
Y el valor te hará avanzar,
Y el avanzar, correr,
Y el correr, volar,
Y el volar... ¿acaso sentir que es posible poder?
No temas temer, vivir es temer, ¡se consciente!

27/6

Ojos que me miran en la distancia;
Golondrinas glaucas de una pasión
En las galerías de la ocasión,
Entre sus tenues muros de inconstancia.

Ojos que exudan lánguida sustancia,
Tañidos videntes del corazón,
Rayo embriagador de la inspiración,
Oropéndolas vivas de elegancia.

Apenas si me doy cuenta y se esfuman
Mordidos por el tiempo, como todo.
Sus simas, que de la ausencia rezuman,

Son como huesas de invisibles lodos
Do caigo y recaigo mientras ahúman
Los pasos de un resplandor de recodo.

28/6

Hay ojos en mis palabras
Que quieren mirar más allá,
Más allá de las miradas.
Hay palabras en mis ojos
Que no atino descifrar.
Hablando de cielos y fondos;
Habladurías de eternidad.

29/6

Como quien aparta, mientras anda,
La maleza que le oprime,
Como quien va descubriendo indicios
Salpicados en la distancia,
Como quien conforma, a poco,
Un todo de esquirlas precipitadas;
Así sobrevino,
Así sobreviene...
A recibirme...
A saludarme...
¿De qué hablo?
Permítame el lector que hoy lo calle.

30/6

Estoy tirando de un cabo
De los nudos anudados en mis vísceras;
Trato de deshacer su gordiano empeño
Con los dedos del pensamiento,
Con los dientes de la emoción,
Con las uñas de las palabras,
Con el soñar, elevado, de los versos,
Y más se afana...
Y más se enrosca...
Y más se aprieta...
¿Y si lo he anudado yo?
¿Y si no hay nudo, sólo hábito de anudar?

JULIO

I/7

Ser la luz de un celaje de poniente,
Violáceo, vaporoso y llameante.
Fundirse con el viento tremolante,
Al rumbo, sin rumbo, de su corriente.

Deshacerse en niebla, lánguidamente,
Como en un cendal de sueños, flotante.
Volverse arcano de fronda ondulante,
En piedra, en arena, en yerba... latente.

Ser más que los pasos en los que paso,
Huella de dirección del universo,
Impreso en cada albor, en cada ocaso.

Mortal en inmortalidad inmerso.
Detente ansia aguda de mis versos:
¿Un día seré todo esto acaso?

2/7

Hoy que atravieso el ecuador
De este viaje,
De este empeño;
Me detengo un instante,
Será pequeño,
Quiero, tan sólo, pedir perdón.
Perdón:
Por lo intranscendente,
Por lo prosaico,
Por lo reiterado,
Por lo afectado,
Por lo inconveniente,
Por lo intrincado,
Por lo equivocado,
Por lo indiferente,
Por lo fabulado,
Por lo que está faltando,
Por lo demás, sobradamente,
Por lo ignorado...
Por esto... y por todo lo que olvido o callo,
A tu paciencia le pido perdón, Lector.
Y habiéndome ya excusado
Ahora puedo seguir rimando.

3/7

Hundo mis ojos en el célico arco
De la noche, que estival se devana;
Los astros siento en comunión lejana
Como vidrios flotando en ignoto charco.

El horizonte se consume en zarcos
Zócalos de limpidez meridiana.
Transido por dubitación tirana,
En ávida meditación me embarco.

Alzo la diestra mano sosegada,
Mi armilar se destaca diamantina
En la luz del celaje que termina,
Titila una ensoñación infundada.

La Polar busco, en la carta estrellada,
Con su punta acerada, peregrina,
Certera, la Eclíptica, dictamina:
El rumbo de tu cerco: Tus pisadas.

4/7

Su cabeza en mi hombro reposada,
Entre la oscuridad, ambos, traviesos,
Su risa en mis oídos, desbocada,
El peso de sus huesos en mis huesos.
La lengua murmurando atropellada,
Del paso de las horas, como ilesos,
En mi pecho, su mano, enarbolada,
El clamor, en la boca, de los besos.
Flotaba nuestro amor en oleadas,
Aquella noche, nítido y expreso;
Cerré los ojos un instante... ¡nada!,
Los abrí y el amor estaba leso.

5/7

¡Qué hermoso recalar en tu recuerdo!
Ahora que tu recuerdo ya no está preso,
Que ni arrastra cadenas, ni pisa clavos,
Ahora que no repta enteco y avergonzado,
Ahora que no es pretexto para abatirse ni anegarse,
Ahora que no es anzuelo ni sedal ni alambre,
Ahora que no es péndulo obstinado,
Ahora que no es un tirano secreto
Ni una marabunta de agujas implacables.
Ahora que vuelas grácil y libertario,
Con la albura precisa de los astros
Y la mortal nostalgia que te envuelve,
Recalo en ti, recuerdo, plácidamente,
Y me miro y rebusco en tus viejos pasos
Y su fantasma y mi fantasma acarician mis hieles.

6/7

Gotea la lluvia sobre el cristal,
Agoniza la tormenta, se aleja,
La huidiza última centella deja
Fractura gris en el cielo estival.

Cual leve martillo en fragua pluvial,
Golpea cadenciosa, como abejas
Presas, entre la atmósfera compleja
De un diáfano y telúrico fanal.

Su lenguaje se espacia y debilita,
Languidece en silencio que lo abraza,
El sol araña nimbos, precipita

Sus áuricas pestañas exquisitas.
Dijo Diego: «Todo llega». Se traza
De la vital urdimbre como hilaza.

7/7

En un coso de bruma y desvelos;
Solitario y recóndito paraje,
Dos siluetas se ven al camuflaje
De los humanos e internos velos.

La fiera enseña los dientes,
Afila las uñas,
Escupe su espuma,
Aúlla insolente;
Y yo amarro las dudas,
Soporto sus redes,
Esquivo sus hieles,
Escalos sus dunas.
Ella insistente,
Ella tozuda,
Yo con bravura
Algo intermitente...

La encaro y la derribo sobre el suelo,
Le clavo los puñales de mi coraje,
Semeja muerta... ¿será verdad?
¿Renacerá otra vez salvaje?,
¿No tendrá fin nuestro terco duelo?

8/7

A Gerardo Diego

Todas las afueras, dentro,
Todos los adentros, fuera,
A la par cóncavo y convexo;
Retiene y emana, absorbe y refleja.

9/7

La ciudad cruje arrebatada tras el cristal,
El enlosado me juzga glacial y severo,
Una llama se consume bajo denso aguacero,
Hay un solemne quebranto de final.

10/7

UNA ESQUILA EN TOLEDO

Perezoso, adormecido,
Rayano a la quietud
Va discurriendo escondido

Entre quebrada altitud
De meandros y breñas
E intrincada longitud.

Una esquila, entre las peñas,
Hace vivífico el aire,
Suena acerada e isleña:

Melancólico desaire.
Se desliza quejumbrosa,
De los quiebros, al desgaire,

Sobre la piel acuosa
De la enturbiada corriente:
Profecía fabulosa.

Toledo la oye silente,
La recoge entre su seno,
La torna piedra y pendiente;

El Tajo, al pie, sarraceno,
Ibérico y castellano,
De tercetos fluye lleno.

Yo pequeño y mundano
La siento temblando dentro
Cual lágrimas de verano.

11/7

Camina el peregrino a las horas del crepúsculo
Siguiendo los ecos del paso de su cayado.
El rostro recogido, de cavilar mayúsculo,
Tiene en la mirada un temblor desalentado.
Destella, a lo lejos, el fulgor de una almenara,
Sobre muralla vieja, que al viento aun desafía,
Hacia ella su rumbo de fe agónica, encara,
Y la llama se apaga, insidiosa, día a día.
Peregrino que andas en la noche de los sueños;
¡Sueña, que el soñar es luz, no cejes en tu empeño!

12/7

La sonrisa de un niño
Es la llave de los dogmas,
De las esencias,
De la metafísica,
De la espiritualidad,
De la pureza,
De la humanidad,
De la inspiración...
Es la más crucial de todas las filosofías.
La sonrisa de un niño
Es la caligrafía de Dios,
Es la sonrisa del universo,
Pero claro... estos sólo son
Los delirios
De un necio.

13/7

Hoy quiero posar la tinta de mi pluma
En ese piélago profuso de pequeñas perlas,
Que abarca desde la brizna de polvo
Que refleja, irisada e ingrávida, los rayos vespertinos,
Hasta el confín, ignoto y estrellado, del universo.
Esa suma que nos circunda,
Cercana
Y cotidiana;
¿Un ejemplo, Lector?...
Una caricia,
Un beso,
La melodía de una voz,
Los fondos de una poesía...
Y tanto y tanto más...
A ellos dedico estas líneas inconexas,
Pues son la bizma inesperada
Que nos reconcilia con el hombre,
Con el mundo,
Con la vida.

14/7

Hay un rayo verde en el cenit de los días,
Huidizo,
Fugaz,
Esquivo...
Escondido en las pieles cromáticas de cielo,
Como una perla perdida en el ignoto abismo marino.
¿Está esperando a ser visto?...
¿Está esperando a ser hallado?...
Mis palabras te tientan,
Mis versos te imaginan,
Mis ojos te sueñan.
Contemplarte...
¿Será como encontrar el hilo místico de la inspiración?,
¿Serás como el iris de dios?,
¿Cómo la llave de lo eternal?,
¿Cómo el alma del horizonte?
Rayo verde, no huyas más... ¿por qué te escondes?

15/7

A Rosalía de Castro

Do souto na noite escura
Unha dona vagarosa
Camiña entre os fieitos,
As estrugas e as sombras.
Un raio de lúa chea
Acófalle a pel, e torna
O seu perfil camiñante
En ánima fabulosa.
Lixeira polas vereas,
Lixeira polas congostras,
Flota con pes de vento,
No vento que funga e zoa.
No picto leva unha dor,
Trémelle un berro na gorxa,
Nas meniñas ten bagullas
Áridas de sangue e rocha.
E sinte que a terra lle canta,
E sinte que a terra lle chora,
E brota no corazón
Una semente de loita.
E na alma adoecida
Prenden as febles auroras;
Rimas voando nos beizos
Coma ceibes e albas pombas.

16/7

Inesperada,
Perseguida,
Sentida,
Pensada,

Llorada,
Transida,
Requerida,
Amada...

Poesía:
Redentora
Armonía

Evocadora,
Celosía
Creadora.

17/7

El viento traía presagios
De naufragios,
Aullaba delirios dolientes.

El muelle tenía quebranto
De camposanto,
De muchedumbre silente.

La noche esgrimía quietud
De ataúd,
Lapidaria corriente.

Los astros urdían su luz
De cruz,
Elegíaca fuente.

Mis pasos eran azadas
En el cemento
Ceniciento,
El tiempo, bruma emboscada.

Sobre la mar remansada,
En su movimiento
Liento,
Había una forma olvidada.

Un gélido estupor
De sudor,
Escarchó mi piel, tirante;

Era mi cadáver flotante
El que veía sin horror.
Vacío liberador.

18/7

En cuanto acabe la grafía de este verso,
O parpadeen, raudos, mis ojos adormecidos,
O exhale un leve y pausado aliento...
Algo de mi yo ya será alimento del olvido:
Transitoria y meridiana conciencia
De cómo el tiempo se escapa.

19/7

A Francesco Petrarca

El soneto entorna, triste, sus ojos
De lienzo, de palabras y de tinta.
Las estrofas ondean como cintas
De crespón, pénsiles sobre un abrojo,

Del viento de una elegía, a su antojo.
En sus vísceras de cuitas extintas,
De pasión y arrobamiento... se pinta
La sombra de su tiempo hecha despojos.

El padre parte, excelso su legado,
Las musas velarán por su memoria,
Amor lanzará flechas, contristado,

Al pecho de los versos, en su gloria.
Al poema abrió camino su cayado,
Que no se anegue su Laude en la historia.

20/7

Busca el bajel
De tu viaje,
El riel
De tu rodaje
Y en lenguaje,
En papel,
En piel…
En cualquier anclaje,
Graba de él
Su mensaje.

21/7

En el pinar alejado
La fuente, lenta, fluía
Entre una peña surgiendo
Como un venero, se oía
Posarse sobre la tierra
Su melena cristalina,
Como un murmullo de duendes,
De ánimas y de ninfas.
En las ramas se incendiaba
El cenit que se moría,
El viento tañía un plectro
De amorosa letanía.
Y en el nemoroso olvido
Su alma y el alma mía
Caminaban cadenciosas
Mientras el tiempo corría
Al arrullo monocorde
De la fuente adormecida
Que nos miraba discreta,
Que discreta nos sentía.
En mi pecho había un himno
De sedeñas melodías,
Y un cielo, extenso, de estrellas
Tras mis huesos se escondía.
¿Qué habrá sido de esa fuente,
Las nuestra, de aquellos días?
¿Se habrá tornado su cauce
Como el nuestro, en sequía?

22/7

La novia que me acompaña
Tiene levísimo el paso,
Como el de una dama extraña
Que flotase en vuelo raso.
La mirada cristalina
De un venero de pureza,
La epidermis opalina
Del albor de la belleza.
Su voz silente y amiga,
Incisiva, evocadora,
Es pétalo y es ortiga,
Siempre, siempre redentora.
Es beso sobre las yagas,
Caricia de la amargura,
Del desconcierto, daga,
Y de los miedos, mesura.
Oye mi pesar, prudente,
Aspira mis confusiones,
Tiembla mi temblor, doliente,
Acalla mis discusiones.
Sus palabras son saetas
Que vuelan sobre mi alma
Como lluvia de cometas
Que se deslizan en calma.
La miro y me mira honesta,
Luz de mi melancolía,
Libre y siempre presta,
Su nombre es... Poesía.

23/7

Erguida en lo alto de la espadaña,
Lenzal y aquietada, encima del cielo,
La cigüeña descubro, con su velo
Lánguido, de su nido en la maraña.

Blasón de sosiego en la seca España,
En la estival mañana, anclado el vuelo,
Cual veleta emplumada, desde el suelo
Tu figura contemplo, y siento empaña

Mi norte, el norte que tu punta esconde.
Tú, cigüeña, que abarcas los caminos
Desde tu atalaya desvencijada;

Que no temes al tiempo ni al destino,
Préstale altura a mi visión errada;
Hoy que llamo y la vida no responde.

24/7

A Alexandre Dumas

Tu prosa me tendió la mano
Y yo la tomé ignorando
El camino que se abría.
Tu prosa fue fantasía,
Y luz, y rumbo, y pasos
Del dédalo que me asía;
¿La providencia trenzando?

25/7

A Samuel Coleridge

En las honduras de un páramo boscoso,
Hendido por rayos crepusculares,
Arrobado por un canto de jilgueros estivales
Que en el aire volaba, profuso y armonioso;
El poeta camina casi en desvarío
Ante el latido espiritual que le rodea,
Trata de hallarse en todo lo que otea,
Y es luz, es fronda, es aire, es rocío.

26/7

A Antonio Machado

Un limonero andaluz,
Un patio, una guitarra,
Un olivo y una parra,
Un rosario y una cruz.
Un alcor, una roqueda,
Una meseta olvidada,
Una colina apartada,
Un rasgón de polvareda.
Una ribera serena
De un Duero numantino,
Un cayado y un camino,
Una muralla, una almena.
Un olmo adormecido,
Una umbrosa calleja,
Un viejo atrio, una reja,
Un campanario anochecido.
Un cantar, una saeta,
Una lágrima, una espina,
Un ansia que no termina,
Un buscar de anacoreta.
Una voz de poesía,
Una piel de sentimiento,
Un alma de lira al viento,
Una vida; que vida guía.

27/7

No me olvides primavera
Cuando arriben los días grises
Y haya nudos de niebla austera
Y por las lejanías pises.
Si hay turbiones acechando
Y sombra de ciprés ciñendo,
Si hay desaliento graznando
Y vértigo de estar cayendo;
Primavera no me olvides
Si el invierno, terco, se anega,
Y el tiempo que todo decide
Atropella las horas, ciegas.
Deja una ventana entreabierta
Con el albor de una mañana,
Donde aguarde mi alma, despierta,
Por ti, Primavera galana.

28/7

A mi padre,
en su septuagésimo octavo cumpleaños

Tomo la pluma,
Surco el papel,
Anhelo trazar con palabras
Una vela de fe;
Con un pábilo de luna,
Donde trepida, al arder,
Un lucero en calma llama,
Con óleos de rosicler.
Que los céfiros del alma
La abracen en su vaivén
Y que con tacto de bruma
La sintamos en la piel.
Que arda por la memoria,
Que arda por el ayer,
Que arda porque viviste,
Que arda por lo que fue,
Que arda porque te fuiste,
Por lo que no pudo ser,
Por todo aquel que te añora,
Que arda sin timidez.
Porque con hálito de aurora
Allá donde quiera que estés,
La sople la risa humilde
De tu espíritu, después.
¡Tiemblan, tiemblan mis estrofas!

29/7

Allende los muros,
En el jardín boscoso,
Entre la hidalguía de los árboles vetustos,
Casi imaginario,
Casi nebuloso,
Casi oculto
En las inciertas galerías de la noche,
Hay un banco de piedra, solitario;
En él una forma informe:
¿Intuición?,
¿Sueño?,
¿Reflejo?,
¿Fantástica quimera?,
¿Vaguedades de la imaginación?
Sentado y señero, siente el poeta.

30/7

Recuerdo en las vísceras el abismo,
Recuerdo en las médulas el ardor,
Recuerdo en las pupilas un temblor
Naciente desde mi tuétano mismo.

Recuerdo en los ramajes un seísmo,
En la luz, regocijo de fulgor,
El ara del exvoto del dolor
De la pagana fe de mi ateísmo.

Recuerdo ausencia de tiempo y espacio,
Recuerdo aislado crepitar de hoguera,
Deliquio arrebatado de prefacio...

Donde mi recuerdo se muestra reacio,
Lo que no recuerdo, por más que quiera,
Es quien era aquel, cuando yo aquel era.

31/7

Albergo inclinación y a la par rubor
De mostrar mis poemas;
Los creo dignos de mí
Mas no sé si lo serán de otro cualquiera.
Confieso sentir devoción
Por toda poesía que me puebla
Y resumiendo soy, al fin:
Palabras, músicas, sentires y dilemas.

Agosto

I/8

El surtidor de la fuente
Batía aplauso espumoso
Bajo una luna creciente.

Los paseantes, dudosos,
Recorrían las veredas:
Hormiguero cauteloso.

Un rasgón de polvareda
Se irguió, ventado, del suelo,
Y refulgió en la arboleda:

Cauce de efímero vuelo
De arena de raudo potro
Que llegó y se fue sin duelo,
¡Qué breve lienzo ante el cielo,
Breve como aquel Nosotros!

2/8

Ir hablándole a la vida,
Vida a vida,
Quedamente.
Ir hablándole a la muerte,
Muerte a muerte
Sucesiva.
Esquivando las espinas
De los espantos aleves;
Creces, creces...
Caminas, caminas...

3/8

Deambulo entre las frondas del suelo conocido,
Nos liga la urdimbre de los años, la memoria,
El atlas de los instantes que ahorman la historia,
Cual si cada paso que diese fuese un latido.

Me freno ante el abeto que se alza distinguido,
Titánico y armónico. Con vaivén de noria
Mece sus lánguidas ramas, como palmatoria
De llama verdosa que desafía al olvido.

El sol se entromete hasta tu tuétano tejido,
Te orla de nimbos en lumínicas euforias,
La brisa trae ecos de nostalgias ilusorias,
Diríase que abrazas el véspero cernido.

Observo tu flecha hacia el cielo, empequeñecido,
Rezo en mis adentros serena jaculatoria,
Ansiando que la eleves a esferas de la gloria
Y les lleves a mis muertos mi sentir querido.

4/8

Las noches que me acuesto
Como esta noche,
Con un poema que acaba
De brotar, noble,
Y aun siento en los labios
Su vivo roce,
Y aun me sigue su estela
De astral desborde;
Siento a mi mente estar
En cualquier orbe,
Y a mi alma palpar
Mi piel de hombre.

5/8

Esta llama voraz que me atenaza
Prendiendo de las vísceras el pasto,
Insidiosa y embozada amenaza
De mis sosiegos y mis pasos fastos.

Esta víbora de agudas escamas,
De sinuoso y discontinuo paso,
Se desliza cual viento entre las ramas
Tan ágil como hiriente, en filo raso.

Esta hondura de la hondura ahondada
Sobreviene en turbión aletargado,
¿De dónde nace su hambre enajenada?,
¿Es esqueje de un dolor soterrado?

6/8

El álveo de velas flota
En la tarde que declina,
Por el Olívico pecho
Mariposas encendidas.
Hay tañer de campanas
Que resuena en las cornisas
De las estrechas callejas
Y lentamente agoniza.
En el tumulto viviente,
Cual fantasma que camina
Por su corriente llevado
Mi alma va a la deriva.
La cruz avanza oscilante,
Cadenciosa, en compañía,
Un redoble de tambores
Rasgan las melancolías.
El cristo inclina sus ojos
Y mira mi fe descreída,
Mi fe, que no halla lugar,
Mi fe, que fe necesita,
Y me siento un burdo intruso,
Paria de la misma vida,
Que no sabe ni rezar
Ni escapar, ¡vil cobardía!
Los contemplo en un instante
Y al suelo bajo la vista
Y torno a seguir andando
Ansiando una epifanía.
Del cristo sigo la senda
Mientras por las sendas mías
Sigo, entre la niebla, un rastro
Que soñé, quizás, un día.

7/8

El pasado guarda pupilas
Que te saben y te miran.
El futuro es un horizonte
De pupilas en desorden.
Y en el presente, la vida
Se desvive en ser vivida
Entre mirares soñadores.

8/8

En el rincón de las brisas,
En el rincón de los celajes,
En el rincón de las premisas
Que balbucea el oleaje.
En el rincón de los abismos,
En el rincón de las cumbres,
En el rincón de los seísmos
Y de la muelle mansedumbre.
En el rincón del abandono,
Rincón de la valentía,
En el rincón del encono
Y de la tersa armonía.
En el rincón de los dilemas,
En el rincón de los albores,
En donde el tiempo quema,
Donde el tiempo es ruiseñores.
En el rincón de las muertes,
En el rincón de las vidas,
En el rincón para perderte
Para escapar de la huida.
Rincón de las soledades,
Rincón de las agonías,
Rincón de las claridades,
Rincón para el alma mía.
Ahí me hallarás sereno
Frente a la mar infinita,
Tan empíreo, tan terreno,
Dejando mi huella inscrita.

9/8

Señera en los abismos siderales
Cual párpado distante y nacarado
Del ojo de Horus, fijo y elevado,
Que custodia principios y finales;

Vierte sobre los campos estivales,
A estas horas de nocturno entramado,
Su nimbo feérico y delicado,
Tornando los contornos, fantasmales.

Te miro Selene: perla del cielo,
Con este sentir de sentirse extraño
Por el envés de mi humana osamenta,

El alma en tu alma, los pies en el suelo,
Como mota de arena que se avienta
Con un tenue rigor de desengaño.

10/8

La poesía no es tan sólo
Ese puñado de palabras que la ciñen
Ni el hecho que forjó esas palabras
Ni el pensamiento que acompañó ese hecho
Ni el sentimiento que engendró ese pensamiento.
La poesía es vida abriéndose paso en la vida,
Es el idioma del alma,
Es la exactitud de la belleza,
Es un lienzo de eternidad...
¡Humano hazte poeta!,
¡Humano hazte poesía!

II/8

Arribé a las orillas de la vida
En un hoy de hace ya algunos años;
Por galaicos y montaraces paños
Y Olívica ensenada verdecida

Mis pasos solté a andar las avenidas
Del tiempo; al igual que un terco rebaño.
Y tejí a mis aciertos mis engaños
Con esta humana obstinación manida.

Apenas como el paso de un suspiro,
Volviendo la vista, el camino siento.
No tengo más doctrinas que el intento
De hacerle un alma al cuerpo en que respiro.

Y el día en que mi rienda pierda el tiro
Y descubra los místicos cimientos
¿De Dios?, ¿de la nada?... por testamento
Dejar quiero la estela en que me miro.

12/8

Si no hiere,
Si no rasga,
Si no atraviesa;
Si no cuestiona,
Si no responde,
Si no confiesa;
Si no abraza,
Si no acaricia,
Si no besa;
Si no fulgura,
Si no rutila
Como pavesas;
Si no es tú llanto
Ni es tú sonrisa,
Si no te expresa;
Si no te ahonda,
Si no te encumbra,
Si no te apresa;
Si no es aurora
Ni medianoche
Ni luz profesa;

Si no es turbión
Ni es arcoíris
Ni niebla espesa;
Si no es flotante
Ni libertaria,
Si no embelesa;
Si no es rotunda
Como la vida,
Como una huesa;
Si no es belleza,
Si no es precisa
Ni es alma impresa...
O yo vivo de utopías
O «Esa»
No es Poesía.

13/8

Abro los ojos en la noche
Escarbo en la oscuridad un punto de luz,
Hallo los moteados y simétricos raíles de la persiana
Que contienen una pálida claridad azul.
Grazna una gaviota ruidosa en la azotea,
Rompe la quietud de patio y tendales,
Como una risa sarcástica y maliciosa
Oprime con su eco las paredes y las sombras;
Su anzuelo prende el sedal de mi memoria
Como quien oyese una canción embriagado de nostalgia.
¡Qué extraño recordar un recuerdo que ya no recuerda nada!
Hasta una gaviota tiene cosas que enseñarte
Alma humana, en la madrugada.

14/8

El crepúsculo parece suspenso
Sobre la pátina aturquesada de la ría,
El sol reposa sobre ella
Quebrado en un médano de esquirlas juguetonas.
Hay la brisa precisa
Para sentir una sedeña caricia en las mejillas.
La tarde semeja detenida sobre las piedras,
Sobre la arena,
Sobre los árboles...
Yo voy solo pensando
Poemas leídos, soñados, perseguidos...
¿Por qué, humano, te sientes más que la piedra,
Más que la arena,
Más que los árboles?...
¿Es acaso porque piensas?
¿Más qué es esto del pensar?...
¿Sabemos pensar realmente?...
¿Quién asegura que la piedra,
Que la arena,
Que los árboles...
No tienen un cósmico y espiritual pensamiento
Que no alcanzo a comprender?...
¿Es porque siento?...
¿Acaso sé yo si ellos me sienten?...
Sigo caminando,
La tarde se va,
¡La tarde se va!; te grito en esta página tímida,
Insignificante y seguramente olvidada.
Otra tarde ignorada en el silo sin fondo
Y sin retorno del pasado.

15/8

Poliedros
Todos guardamos y alimentamos
Un filósofo,
Un político,
Un romántico enamorado,
Un soñador,
Una contumaz sordera existencial y transitoria...
Y un Dios.
Por eso nos cuesta tanto ponernos de acuerdo.

16/8

Las palabras pueden ser bajeles
Bogando en el aire impelidos por un aliento;
Estelas, su mensaje.
Las palabras pueden ser piedras
De los arcos del puente de los lazos;
Cimientos vibrantes.
Las palabras pueden ser brisas
En el espíritu isleño de los cuerpos;
Alado tacto de ángel.
Las palabras pueden ser layas
En la visceral maraña del sentimiento;
Herida vomitada, doliente sin herida.
Mensaje, cimiento, ángel, herida...
Toda forma ha de ser fondo,
Todo fondo ha de ser forma.

17/8

Conozco los fondos del miedo,
He dormido larga noche en su boca huraña y desabrida,
Pero ¿quién no lo ha hecho?
Pero ¿quién no lo hará?
El miedo va cosido en el dorso del alma,
Pisa donde pisas,
Respira cuando respiras,
Sueña si sueñas...
Mutila tus decisiones,
Engrilla tus acciones,
Porque temer es vivir.
Yo que he vivido temiendo,
Que vivo los miedos que me desviven
He aprendido algo:
El miedo en un Fénix terco y tortuoso,
Un carroñero famélico e ineludible,
Pero al que debes mirar a los ojos
Porque sólo se alimenta de miedo.

18/8

A Federico García Lorca

La noche medía el camino
Con alas de cuervo viejo,
Tremía en el pecho celeste
Un rosario de luceros,
Y el poeta, silencioso,
Sintió a la parca viniendo
Como un corcel desbocado
Ávido de sangre y huesos.

Yo:
¿Tuviste miedo, Poeta,
Al sentir su negro aliento?

El poeta:
Miedo me dio su demora
Más que su trote en mi cuerpo.

Yo:
¿Y sentiste pena de vida
En tu espíritu, royendo?

El poeta:
Pena negra ya sentía
Antes de rodar el suelo.

Yo:
¿Y tu cráneo, como ansiabas,
Se hizo arena, se hizo huerto?

El poeta:
Sueño en álamos, en flores,
Canto en brisas y veneros.

Yo:
¿Y a dónde fuiste volando,
Dorada saeta del verso?

El poeta:
Más allá de las estrellas,
Del cielo y del universo,
Hasta el confín de la albura
De los lirismos eternos.

Yo:
¿Hallaste por fin del poema,
Allí, su arcano secreto?

El poeta:
Sólo puedo decirte
No hay poesía sin misterio.

La noche batió sus alas,
El poeta bebió silencio,
Yo desperté temblando,
El pecho de soles lleno.

19/8

Callará la última creencia,
Volará la última bala,
Caerá de la sangre la última gota,
Explotará el último estallido,
Entre estertores el último hombre dirá:
Era mía la razón...
Y en el yermo inhóspito de las patrias
Las banderas jironadas hondearan impelidas
Por el viento de la nada.

20/8

Volvía embriagado de tarde y soledad
Entre un recuerdo que ansiaba hacerse versos
Y unos versos de Borges hondeando.
La calle tomaba mis pasos
Como si recogiese las frondas de los árboles, caídas.
La voz me extrajo de mi isleña ensoñación:
«Alma en pena»
Me nombró con afable resonancia.
¿Acaso parece penar, mi camino?
¿Proyecto una imagen grísea y desolada?
¿Acaso cuando vuelvo la vista a mis honduras
Y busco luz para mis nieblas
Dejo mis nieblas a la luz?
¿Acaso cuando señero medito
Y se enciende lírico mi pecho
Se proyecta mi sombra al exterior?
¿Acaso soy como las faces de una luna andante?

21/8

Olvidada de cósmicas corrientes,
Libre, dentro del tiempo que la encierra,
La humana marabunta de la tierra
Hormiguea sus tramas, inconsciente.

Los arcanos engranajes silentes
De la astral y gravitatoria guerra,
Que gira precisa y que nunca yerra,
Surgen de su oscura sima latente.

La luna vence al sol en hurtadillas
Y hace del día lánguidas tinieblas,
La hormiga contempla la maravilla

Y un empequeñecer medra y le puebla,
Y es menos que hormiga y gota de niebla
Y nota a Dios soplando en su mejilla.

22/8

Sobre los altos muros que ciñen
El verde corazón Vigués,
De la cuidad que a mis pies
Con el véspero lívido se tiñe;
La bruma flota cual ciempiés
De hiperbólicas hechuras,
De la ría en su tersura
Con las Cíes al través.
El viento, lengua sin hondura,
Henchido de fragancias estivales,
Dialoga sus rumores de arenales
Sobre la tímida y grácil espesura.
En esta atalaya de principios y finales,
Aquí donde supe de mi muerte,
Donde renací de mi vivir inerte,
De céfiros y ábregos a iguales,
Aquí también, supremo día,
Aprendí el valor de la empatía.

23/8

Enhiesto, berroqueño y recoleto,
Al amparo del patio amurallado,
Sobre lienzo de yedras entramado,
Al eco de los pasos, inconcreto,

Se halla el crucero cual adusto objeto.
Glacial y lapidario y porfiado
Emana su mirar inveterado
Al mirar que lo contempla indiscreto.

Y te hallo en mi vagar meditabundo,
Burilas en mi mente un pensamiento,
Temblor de epifanía en que me hundo:

¡Qué dichoso sería, en un momento,
Cuando la fe agoniza por segundos,
Hallarla como hoy hallo tus cimientos!

24/8

A Jorge Luis Borges

En el urbano vientre que lo esconde,
Calle vacía, imperio de la noche,
Va un hombre vagaroso, entre un derroche
De silencio. La calle le responde

Con bandoneones de ecos apagados
Y templadas guitarras desvaídas,
Hay quietud de tormenta sostenida
Y aire de presagios insospechados.

Volando a lomos de sus pasos lentos,
Preso de ayeres, preso de mañanas,
Arriba a la orilla del parque liento,
Cruza el vallado y su aroma desgrana

Fragante brisa de hierba mojada.
En sus callejas de arena y penumbra
Siente el mirar de las hojas paradas
Y el cerco de las copas que se encumbran.

Le conoce el viento que allí serpea,
Le conoce el espacio y la negrura,
Le conocen los fondos y las alturas
Mientras desconociéndose él pelea.

Y la sombra de un tigre entre las ramas
Casi intuido, casi verdadero,
Acecha, se esconde, retorna y brama
El rugido legendario y primero.

Y el hombre detenido ante una fuente,
En su centro, apoyado en su bacía
Mira la luna en su agua esplendente,
Ve su faz: se siente tiempo y poesía.

25/8

Sobreviene tu recuerdo como un horizonte
Que los nimbos ocultan, que los nimbos muestran,
Como en un vaivén de puertas abatibles.
Te me vuelves memoria y nostalgia y ahora
O la inerte nada del olvido.
¡Qué ingrata la mente!
¡Qué sucio embuste de los días!
¡Qué deslealtad, qué felonía, qué flaqueza!
Tendrías que ser más un estar
Y menos un volver,
¿Por qué así te me escapas?
¿Acaso eres tú desde ese universo
Donde el tiempo debiera perder todo cordaje humano
Y volverse lo que es: Eternidad,
Quien decide cuándo ser recordado?
¿Acaso prosigue de este modo tu paternal amparo?

26/8

A Julio Cortázar

Entra una luz lunar por las persianas,
Lancea la oscuridad, la penumbra avanza.
Hay aroma a café tibio, a sudor, a lágrimas secas sin pretextos.
Suena la manecilla de un reloj
Como el cri-cri de un grillo acerado,
Pulso tenue del silencio.
La ciudad afuera de los cristales
Es una presencia vaga, una certidumbre de amplitud en la distancia.
Dentro, una sombra se entrelaza a una sombra,
Los contornos se rompen,
Las formas se deforman.
Moteadas por una lluvia de escamas luminosas
Las pieles arden en lúbricos lazos;
Los dedos en la larga cabellera,
El aliento en el rostro contraído,
La espalda combada en la alfombra,
El latido en las paredes,
Hay una letra de tango naciente en los labios
Y un solo de trompeta melancólico en el compás de los cuerpos.

Él ya no es él,
Ella ya no es ella,
Ellos ya no son o son inequívocamente ellos.
Medra la llama.
Son vida, son instante, son tiempo.
¡Paroxismo!
Se buscan en los ojos límpidos
Creadores de libertad.
Él va a gritar un nombre,
El nombre,
Su nombre esencial,
Y se encuentra solo sobre la alfombra
En medio de la oscuridad...
Silencio...
Y hay lágrimas secas sin pretextos
Y aroma a café tibio y a sudor
Y oscuridad lanceada y penumbra avanzando
Y...
Entra una luz lunar por las persianas,
Lancea la oscuridad, la penumbra avanza...

27/8

A Lope de Vega

Alzaste tu vuelo sobre los vientos
Veleidosos de la vida y volaste
Apasionado, en la piel que habitaste,
Cada pasión, soledad y lamento.

Descifrándote en lírico argumento,
Dejando de tus huellas el engaste,
Espada y pluma, ambas desgastaste
De empírea libertad siempre sediento.

Nudo de vanidosa indumentaria,
Perdido el cayado de una fe lesa,
Pasadas tormentas atrabiliarias,

En el cauce de tu cuna a tu huesa,
En conversas con tu alma, solitarias,
Te hiciste Parnaso que nunca cesa.

28/8

A Johann Wolfgang von Goethe

La hojarasca en ocre manto
Del fondo de la floresta
Semeja pórfido llanto

De las frondas superpuestas.
La penumbra se desliza
Como oscura sierpe mesta

Y en el cielo como tizas
Las estrellas dibujadas
Sus polvos cósmicos izan.

La brisa pisa templada,
La espesura, soñolienta,
La hierba como embrujada.

Una humana forma atenta,
Sobre un olmo reposando,
Escruta, medita e inventa.

Está palabras tallando
En el lienzo de su mente
Como lampos palpitando.

Y de Tule el rey se siente
Y se hunde como su copa
Y de la sirena, oyente,

El canto férreo le arropa,
Y es violeta resignada
Y clara luna que topa

Cada noche, enamorada,
Con un yacente Endimión;
Y es elegía y balada,

Es Fausto y su perdición.
Vuelto hacia la inmensidad
Lanza un grito de pasión
Por toda proba bondad.

29/8

Paseo bajo los álamos del parque
Que absorben la luz del poniente nebuloso
Como un aurífero cáliz desvaído;
Está palpitando el tiempo en sus ramajes.
¡La calle, la tarde, el lugar!... evoco
Un instante claro y preciso:
Un amor agonizante,
Una locura imperativa,
Una vida en carne viva,
Lucha de abismos,
Credos anhelantes...
Se desdibuja el recuerdo
Y yo...
Yo hoy no sé
Si voy o vengo.

30/8

Pregunta...
¿Cuántos escalones se pueden
Llegar a tallar sobre el humo?

31/8

A Charles Baudelaire

La noche asombra la sombra del cementerio,
Montparnasse tiene un eco eterno de silencios,
Bajo la losa reposa, ceñida por la tierra,
La ósea y carcomida indumentaria del poeta.
Y del fondo de su fosa, resurgiendo,
Su cráneo mastica sus flores maléficas,
Sus flores pasadas, sus flores muertas,
Y se escucha el aullido de sus procelosos versos
En el día que enmudeció su lengua.

Septiembre

1/9

La líquida epidermis de la ría
Diluye los apéndices lánzales
De un sol amanecido entre fanales
De levísima bruma en claro día.

Bosteza de Rande la ensenada
Como cisne de Órfica fantasía,
Tan frágil y aquietada se diría,
La brisa ni te roza, preocupada.

Mi tren se desliza por tu costado
Y fabulo la contienda pasada;
Veo las naves arder de la armada,
Oigo cañones y gritos ahogados.

Buceo de tus aguas hasta el fondo
Y hallo Galeones inveterados,
Roídos como pecios astillados
Cautivos de los turbios lodos hondos.

Francos, Íberos, Germanos, Sajones...
Esparcen sus cráneos infortunados
Como en cripta de muros azulados;
¡La inútil sinrazón de las naciones!

Oro, fama, gloria, taimado honor...
Todo yace de Proteo en sus regiones,
Las réprobas humanas ambiciones
Tejiendo destinos a su favor.

¡Qué ilusorio paso el hombre camina!
Cegado del inútil resplandor
Se aniquila sin verse perdedor,
Pues mordido de tiempo peregrina.

2/9

En la cumbre de los verdes cerros
Hendiendo los cendales neblinosos
Descuellan las aspas como brazos pesarosos;
Levógiro danzar de su hierro.
Como gigantes cervantinos al destierro
Del galaico suelo montañoso
Surgís ante mis ojos animosos
Y me siento quijotesco, en su yerro.
¡Visión dame tus alas de valor
Mas no de los lodos de tu engaño, el rigor!

3/9

Veo caer la lluvia en sutilísimo vuelo,
Casi como un sortilegio solapado,
Casi como una gracilidad arcana,
Casi como no queriendo caer...
El ceniciento cielo se deshace en polvo de pavesas apagadas
Flotantes en el aire
Y las húmedas pavesas danzantes se prenden en mi alma pensativa
Y se vuelven átomos de luz astral,
Y la luz, albares ideas,
Y las ideas, signos,
Y los signos, palabras,
Y las palabras, estrofas,
Y las estrofas...
Este poema que se acaba.

4/9

En pie desde las íntimas riberas
Que todo espíritu guarda y esconde,
Contemplo el partir, nada importa a dónde,
Del bajel de los sinos y quimeras.

Como anclado en la arena, en ardua espera,
No encuentro desesperar que no ronde
Ni buido recelar que no ahonde
Mi corazón en ansias embusteras.

Y con un leve vértigo en las sienes
Se me van alejando lentamente
Con resabio amargo de desencanto,

Como quien perdiese esperados trenes.
¡Suerte bajeles!, fluid libremente.
¿Hallaré el mío?... ¿acaso bogo, en tanto?

5/9

Lleva en la tez plasmada la centuria,
El buril del tiempo talló su mella,
Su osamenta avanza en enteca huella,
Luz hurtada a sus ojos en penuria.
Huyó de su patria las rudas furias
Buscando de Sión campos anhelados
Y encuentra muros, alambres, cercados...
De pretexto mezquino una frontera.
¡Blande humano inhumano tu bandera,
Ella es sombra si miras a otro lado!

6/9

Este instante se está yendo irremediablemente
Como se irán irremediablemente todos los instantes,
A quien me leyere le pido perdón por recurrente
Pero a veces percibo en mi piel su paso pasar incesante.
Inquietud, mudanza,
¡La muerte, la vida!
La llegada, la partida,
El abismo, la esperanza...
Del final
Y del principio,
Del ripio
Y lo esencial,
El álveo, la eterna espiral.

7/9

Palabra que pervive amordazada
En el loco goteo de los días,
Rutila como una estrella apartada
Distante en su universo, desterrada,
Orlada de esperanza, sólo ansía
Nombrada ser por lengua en que dormía.

En la estrofa el acróstico halla,
Aprende a pedirlo
Sin temer decirlo,
Limpia del ego la morralla.

8/9

A Francisco de Quevedo

Le hablabas a los muertos en tu torre
Oyendo de sus voces el legado,
Rasgando los cendales del pasado
Tras la huella inmarcesible que socorre.

En ansia de tiempo veloz que corre
Rubricabas tus versos desangrados,
Huésped de los desiertos alejados
La voz de tu espíritu los recorre.

Y yo te leo a ti como tú hicieras
En aquel silencio de Juan Abad,
Ora en tu seno, ora en tus afueras.

Te volviste el docto, la autoridad,
Yo cual pluma que remedar quisiera
Te nombro en mi torre de soledad.

9/9

Un sol clandestino está rozando la ventana,
Imprime sobre el cristal su vago mensaje brocado:

Si la sombra trae su sombra de puñales solapados
Recuerda que la sombra y la luz del mismo espejo son hermanas.

10/9

Luces de noche que avisto
Como ánimas distantes,
Cual semillero flotante,
Como ojos de Argos, listos;
¿Qué tenéis que en un instante
Encandiláis mi emoción
Y al tuétano del corazón
Prendéis embrujo danzante?
Es... ¿ansia de ensoñación?
¿Buscar luz en la negrura
Y en ella hallar fe segura?
¿Es rastro de salvación?
¿Será el pasado llamando?
¿Será el mañana callando?

11/9

Ayer fui vapor de luz del fúlgido atardecer,
Fui las avenidas sin retorno de la brisa distraída,
Fui el abrazo olvidado de la sombra de las ramas,
Fui la bóveda belísona del gorjear desatado,
Fui la onda vagarosa que languidece en la costa,
Fui el aroma liento e infinito del oceánico campo,
Fui la voz embrujada de la luna que narra leyendas sobre la noche,
Fui el zarco rutilar de los astros; retinas insomnes del silencio,
Fui llanto reseco,
Fui risa de alborada,
Amarga desesperanza,
Fui golondrina de aliento,
Ceniza,
Llama,
Elegía,
Soneto,
Brecha de abismo en el cuerpo,
Tacto arcano del alma...
En el trasiego del ser, si he de ser... ¿mañana qué seré?
Tal vez...
Vapor de luz del fúlgido amanecer,
Las avenidas sin retorno de la brisa distraída,
El abrazo olvidado de la sombra de las ramas...

12/9

En el tablero de sombras y luces
Donde se entraman urdimbres vitales,
Si buscas de la historia en sus anales
O lees en el hoy, claro deduces:

Uñas y piedras, lanzas y arcabuces,
Pólvoras y metrallas y arsenales,
Naciones en cimientos sepulcrales,
Manaderos de sangre: credos, cruces...

Que hoy como ayer y como ayer... ¿mañana?
Todo semeja en un cíclico vuelo.
Buscando la respuesta que dimana

Tememos infiernos y alzamos cielos.
Recuerda que Dios y que Belcebú,
Humano, uno y otro, puedes ser tú.

13/9

Borges dijo en verso:
«Piensa que de algún modo ya estás muerto».
Humilde, Maestro, prosigo:
«piensa que de algún modo ya estás vivo».

14/9

Los trabajadores del mar.
Víctor Hugo

La pluma del gran Hugo trazó con maestría
Al hombre que en El Bu De La Calle se escondía,

Guilliat maligno, sombrío, huraño, taciturno,
Espejo de malditos, de reflejos nocturnos.

Guardaba en las cuadernas profundas de su alma
La ardiente luz de una estrella titilando en calma.

Deruchette era su nombre, nombre que horadaba,
Germen de su osadía, que su locura aullaba.

Hombre contra la mar, contra sí mismo y el sino,
¡Ciego que ve la luz sin ver el ciego camino!

¿Quién no se echó a navegar en pos de una Duranda
Entre cantos de sirena y sueños por baranda?...

Rocoso Guild Holm Ur, silla de un idioma abstruso,
«Reposo de aves», «Muerte de quien la duerme en uso».

Yo también me vi sentado en tu fría rudeza
Solo ante una mar de melancólica extrañeza.

15/9

En el cauce de rostros sucesivo
Esgrime el violín sus notas precisas,
Suspenso, pienso una idea concisa,
Tan pronto como nace es verso vivo.

¿Qué arcano sortilegio sensitivo,
Qué plectro de la lira de Artemisa,
De hálito de Apolo que leve brisa
Me ciñe a tus cordajes expresivos?

Lengua de los espacios del silencio,
Idioma del lirismo sin palabras,
Pulsátil certeza de abracadabra

Donde toda mi soledad conciencio.
Bizma del corazón lacerado,
Arte de las musas, ¡seas alabado!

16/9

No volverá ese rumor que en los robles suspiraba,
No volverá la sombra del cedro que me miraba.

No volverán los tibios rayos de ese decreciente sol,
No volverá ese canto a temblar salmos del facistol.

No volverá el galaico manto de la costa a dibujarse,
No volverá el aroma de las parras a exhalarse.

No volverá esta tarde que a la tarde del ayer se desliza,
No volverá este verano que irremediablemente agoniza.

No volverá de mi guitarra un rasguido igual,
No volverá este instante que ya es instante eternal.

Mas en el sucesivo tiempo inagotable
Yo como tú y tú como todo, somos más que certidumbre
perdurable.

17/9

A Francisco de Quevedo

Cerró la postrera sombra tus ojos,
Del blanco día que hiciste soneto,
Dictó el filo del tiempo su decreto
Como hará conmigo y con mis despojos.

Tu pasión y tus cuitas, tus abrojos,
Tus espantos agónicos secretos,
Vueltos tu canto lírico concreto,
Fueron crónica de abismo y arrojo.

Tú que urdías cobijo en la armonía
Y que ni en ella hallabas el consuelo,
Pugnabas que al Leteo vencerías.

Y aquende la ribera, en este suelo,
De ti las médulas que tanto ardían
Vencieron de la muerte el terco hielo.

18/9

A Eduardo Galeano

Aquel hombre sentía la voz del planeta,
Sentía el latido del universo,
Sentía los clamores del viento,
De la lluvia, de la arena y el fuego...
Aquel hombre sentía los sentimientos ajenos;
Sentía los tactos,
Sentía las lágrimas,
Sentía las miserias,
Sentía las sonrisas...
Aquel hombre sentía las palabras
Y a ellas se aferraba día a día.
Aquel hombre sentía los trágicos abismos del mundo;
La irracionalidad,
Lo injustificable,
La mezquindad,
Lo inhumano...
Aquel hombre sintiendo
Sintió las raízas de los pueblos,
Pobló un libro de abrazos,
Abrazó hijos de los días
Y sin saberlo su prosa sentida iluminó el numen de este lírico año.
Y tanto sintió,
Y tanto sentía,
Que de tanto sentir,
Como él narró,
Su corazón se quebró un día.

19/9

Sólo fue un instante... leí la tarde en los celajes
Detenidos de los olmos en sus ramajes,
Desde el banco de piedra donde estaba:
¡Todo es final, todo es comienzo!
Y la tarde musitaba:
«Retazos del mismo lienzo».

20/9

Gríseo, vetusto y reseco
Se alza el árbol todavía
En rapto de fantasía,
Como ensueño en sueño hueco.
Ante la mirada mía,
Tras de velo nebuloso,
Mecido al vaivén ventoso
Del tráfago de los días
Pierde frondas presuroso
Y gana desnudas ramas,
Poco a poco se derraman
Feraces años hermosos.
Mientras mis ojos reclaman
Una inspiración certera,
Nepente de esta quimera,
El tiempo su trama, trama.
¿Cesará el viento que impera?,
¿Su tronco veré caer?,
¿O tal vez logro entrever
Hojas de otra primavera?

21/9

El sigilo liento de la bahía,
El undoso piélago aturquesado
Del mar, siempre por siempre inacabado,
Las verdes formas de esta costa mía.

El polvo y las sendas, las umbrías,
Los pasos por la arena musitados,
Los calmos surtidores olvidados,
Los ocasos furtivos de los días.

La piedra de los bancos solitarios,
Las esquinas, recodos y cobijos,
Los aromas y ecos ordinarios...

Todos los universos que colijo
Estáis en el Yo que el Yo siempre esconde,
¿Estaré yo en vos también?, ¿cómo?, ¿dónde?

22/9

Fondeado rayano al espigón,
Besado por los rayos del ocaso
Que aureolan los nimbos a su paso,
Me sorprende, en la tarde, el galeón.

Mecido por las manos de Aquilón
Cabeceas en un vaivén escaso,
Arriado de tu velamen el raso,
Al norte de tu proa el mascarón,

Rezumas avidez de navegar
Y hender del océano toda loma,
Pegaso de madera secular

Eres como el ansia humana que asoma
Sedienta de echarse a bogar
Amarrada del tiempo en sus maromas.

23/9

Suenan tañidos en la tarde,
Desde las torres hermanas
Están hablando las campanas
Su voz de lánguido tul
Mientras Vigo se adormece
Como perla que se ofrece
En conchas de puro azul.
Como plomiza cadencia
Suena su triste lamento
Arrastrado por el viento
En el urbano confín,
Las bandadas de gaviotas
Como entendiendo sus notas
Graznan en lenguaje afín.
Yo que el véspero camino
Cual otros tantos y tantos
Oigo su tañer y canto
Musitando esta canción.
Las torres ya están calladas,
¡Todo es breve, todo es nada!
El alma: la salvación.

24/9

Diríase que es cual tímida aurora
Que medra entre los mundanos rigores
Lanzando sus invisibles colores
A la sombra que al afecto devora.

Es guiño que del espíritu aflora,
Es puente de los reinos interiores,
Es bálsamo de iras y de rencores,
Es luz de eternidad escrutadora.

Arcoíris prendido de los labios
Que apenas sin esfuerzo te engalana,
Hacía a Demócrito hombre más sabio,

Hará tu senda, andante, más liviana.
Destierra la mordaza que la pisa,
Súmate al elogio de la sonrisa.

25/9

Fue sólo por un instante,
Como un leve parpadeo,
Quizás lo juzgues falsía
Pero no te cuento cuentos.
El valle quiso decirme
Algo como un secreto
Y apenas que me di cuenta
El valle volvió a su sueño.
¡La ocasión rauda perdida!
¡Mortal torpe entendimiento!
Y preguntan mis estrofas:
¿Cuándo volverás a hacerlo?

26/9

Siempre buscando señales:
Que nos afirmen,
Que nos confirmen,
Que nos contesten,
Que nos eleven,
Que nos inspiren,
Que nos alumbre,
Que nos alienten...
Siempre buscando señales:
En un gesto,
En una palabra,
En un ocaso,
En un mar,
En una voz,
En una melodía,
En un libro,
En un poema,
En estas líneas,
En el universo,
En el tiempo,
En Dios...
Siempre buscando señales:
¿Y si la búsqueda es la señal?

27/9

Esa noche en lo árboles prendida,
Albor de la esperanza que esperé,
La huella de la senda compartida,
Palabras que jamás pronunciaré...

El tiempo es una elipse sin salida,
Cedazo los años que nadie ve,
No hay Yo en mi Yo para el Yo que soñé
Aunque ese mismo Yo aún tenga vida.

Y discurren los días sucesivos
Y sucesivamente me desplazo
Hacia el oculto y postrimero lazo.

Ni salto del ayer y sus estribos
Ni vislumbro otro horizonte brillar,
¿Mientras?... hábitos, prisas, divagar...

28/9

Padre...
Sobrevino tu retrato
Ante mí, inesperado,
Y he mirado hacia tus ojos
Y tus ojos me han mirado,
Y le vi vida a tus rasgos
Y le vi vida a tus fondos
Como en un silente conjuro.
Y un rayo de hielo puro,
Un invisible venablo
Me travesó las entrañas.
Nadie escapa a la maraña
Del denso olvido oscuro.
¡Tú fuiste!, ¡Tú has sido!,
¡Tú eras urdimbre en la trama!
Tiempo, universo, primigenia llama
Dame sol de lucidez de cuando en cuando.

29/9

A Miguel de Unamuno

Echaste a volar tus amados cantos
Desde el verdor de las húmedas vegas
A las tierras que la secura anega,
Raíces de la duda y el quebranto.

Y de la tierra al anchuroso manto
Y de los cielos al confín se allegan
Heridos de ansia y esperanza ciega,
Peregrinos de tu corazón... llantos.

Lampos queriendo escapar de la muerte,
De la muerte del olvido y la nada,
Una vida que en alma se revierte.

Y en la mente su esencia derramada
Su tenaz ruego en certeza convierte.
¡Viven!, y buscan la eternal morada.

30/9

A Miguel de Unamuno,
Porque estimo cojo e insuficiente el soneto precedente,
Temiendo que aún lo sienta al término del siguiente.

Te devoraba lento, poco a poco,
De tu sangre bebía en manadero
Y en tus propio abismos carroñero
Nacía su apetito ciego y loco.

Con sus brunas pupilas como focos
Buidos, seguía tu andar señero,
Tu andar en niebla buscando asidero.
Y siento que en palabras ya te toco.

Ese buitre que asombraba tus pasos,
Espejo de fe sin fe; tu congoja,
De ese buitre conozco el vuelo raso,

Su pico en mis entrañas también moja.
Lo he visto en las noches y en los ocasos
Ansiando que en su vuelo se recoja.

Octubre

I/10

Si el alma existe...
Búscala,
Encuéntrala,
Siéntela...
Tállala,
Moldéala,
Puéblala...
Conócela,
Quiérela,
Ensálzala...
Si el alma no existe...
Entonces, Lector...
¡Créala!

2/10

Hoy camina la democracia herida,
Anda por aceras y por rincones,
Timorata e inquieta en los balcones,
De labio en labio vibrando manida.

Del poder en el puño languidecida,
En la cruceta sesgada hecha jirones
No encuentra patrias ni halla corazones
Que unir en esta España que se oxida.

Shakespeare lo dejó en su drama atrapado:
«Locos guían a ciegos cual lazarillos»,
Hogaño como en el tiempo pasado.

Hombres que seremos polvo amarillo
Flotando en un cosmos insospechado
¿No hallaremos nuestro humano estribillo?

3/10

A Gerardo Diego

Brindabas por que llegase ese día
En que un alma con tus dedos moldearas,
Y en su fondo anidar tu melodía,
Y tu llama lírica fulgurara.
No soy el discípulo que querías
Mas me acercas a ser Yo, cual deseara
Tu verso en lontananza de los días,
Y en estas mis líneas cual sobre un ara
Te inmortalizo nombre y apellido,
Maestro en la distancia requerido.

4/10

La noche me dice lenta,
La noche me va diciendo
Con su lengua de distancias
De distancias oprimiendo,
Casi en ecos de susurros;
Elocuencia del silencio:
«Tan solo somos memoria»,
«Tan solo somos recuerdo»;
Recuerdo de lo que ya fuimos,
De lo que fuimos perdiendo,
De lo que fuimos ganando,
De lo que nunca seremos.
Al recuerdo irrevocable
El presente fluye presto,
Recordar y recordar...
Que es recordar: El Tiempo,
Que es recordar: La Vida,
Recordar: El Argumento.
Que sin recuerdo, ¿qué somos?
¿Vacío, ceniza, sueño?
Dios nos está recordando,
Nos recuerda el universo,
Recordemos recordar
Antes de recuerdo hacernos.

5/10

A ti; antiguo y pasado y olvidado poeta
Que al socaire de tus soledades escribías,
Por ti rubricará mi cálamo en este día,
Por sacarte de los brazos de la mortal grieta.
Tú que ajeno de preces y de honras esculpías
Tu vida en una trama de palabras concretas
Flotando sobre lienzos señeros, Tú... profeta
Fuiste en tu hacer hacedor, quizá no lo sabías.
Tú fuiste silente aliento de la poesía,
El oculto lecho fiel donde el caudal discurre,
Tú la chispa, la lumbre donde el milagro ocurre,
Tú Orfeo, tú Lope, tú Machado y Rosalía...
Tú ahora estás en mí y yo estaré en los venideros,
Juntos haciendo el eterno verso verdadero.

6/10

Hoy en el banco lo he visto
En la tarde reclinando
Como un encuentro imprevisto.

Serio, distante… hilvanando
Ideas o fantasías,
Silencioso barruntando.

Viejo libro sostenía
Sobre las huesudas manos,
Envuelto en melancolía;

Los ojos cual dos arcanos
Flotaban en la espesura.
Rostro enjuto, pelo cano,

Como marmórea escultura
Que lleva el latido preso,
Recoleta, tu figura

Del parque en boscoso acceso
Contemplo, mientras el viento
Te ciñe con suave beso.

Extraño espejo… argumento:
¿Cómo a ti a mí me verán
Cuando a pensar yo me siento?

7/10

A Edgar Allan Poe

Hay en el antiguo salón vacío
Inundado de polvo y soledad
Un bruno cuervo entre la oscuridad
Posado en busto de Palas sombrío.

Y la noche en su firme autoridad
Se desliza allende de sus muros fríos,
La puerta se abre... Sordo escalofrío
Hiende del aire la profundidad.

El espíritu del poeta umbrío
Entra lento y ante el cuervo se sienta.
Clava en sus ojos su mirada atenta
Y repite su boca cual desafío:

«Torvo agüero decías... ¡Nunca más!
De ti me libré ¡Por siempre jamás!»

8/10

La hermosa tarde otoñal
Se deshacía en palabras,
Leve brisa, claro azul,
Verdes lomas encantadas.
Mi mirada sobre el cielo
Su silueta rebuscaba,
Silueta de un tiempo pasado,
Silueta que ya no estaba.
Y rememoré su copa,
Frondosa copa enrejada
Descollando en las alturas
Entre las ramas cercanas.
Y en el hueco de su ausencia
El cielo reverberaba
Con una luz bautismal
De certezas y nostalgias.
Tú, viejo árbol abatido
Del tiempo por la guadaña,
Gritaste desde tu huesa
De tierra, rocas y ramas:
¡Nada queda, no hay pasado
Sólo el recuerdo y sus trampas!
El, tú y yo también seremos
Como el árbol que aquí estaba.

9/10

Un rayo de luna oscila en la ventana,
Es un jirón de luz desvanecido
De las cósmicas alturas soberanas,
Undoso aliento argénteo, detenido.
Desde mi lecho, atento y conmovido
Veo su nimbo rielar tras la persiana
Y mi mente pica espuela y dimanan
Las ideas en enjambre sideral;
Un punto de esfera azul inadvertido,
Una esquirla que gravita en las honduras,
Apenas un algo, un aquel… intuido
Y dentro todas la humanas conjeturas,
Los nudos, las luchas, los egos, las conjuras…
Todo flotando en incierto sinsentido.
Mi magín se repliega, me siento empequeñecido,
Me busco el alma por sentirme eternal.

10/10

Respuesta al 30 de agosto

... Tantos como tarde
En regresar el viento.

11/10

Leyendo mis viejos cantos
Entre la noche silente
Voy pensando tanto, tanto...

Y me encuentro en un espejo
Nítido y transparente
Atrapado en su reflejo.

Es un espejo de agua
En bacía de una fuente
De una recóndita fragua.

Y veo mi Yo de antaño
Y siento el dolor doliente
Y sangro de aquellos daños,

Dudo aquello que dudé,
Siento su sombra ausente,
Piso el cieno que pisé.

Y cual si no fuese yo
El que me encuentro de frente
Si no engaño que brotó,

Por momentos me parece
No comprender ciertamente
Los fondos que allí se mecen

Sabiendo que fueron míos.
Y luego, raudo, nuevamente
Aquel y yo en escalofrío

Vibramos la misma piel,
Con una luz esplendente
Se unen alma y papel.

Extraño, abstruso sentir,
Extraño cual inmanente
Acto a solas de escribir.

12/10

Cierro los ojos y pienso en el niño que escribía
Teniendo la máquina de su padre entre las manos,
Hilvanando con sus teclas sus mensajes tempranos,
Sintiendo nacer el cosquilleo de la poesía.

Cierro los ojos y siento al niño y su fantasía,
Que volaba en la silla de su habitación ufano,
Que estando aún de prosodias y sinalefas sano
En soledad sus versos y sus prosas esculpía.

Y aquí en la misma silla, el mismo cuarto, es este día
Pienso en lo que queda del niño aquel en este humano,
Que vio llegar el invierno a sus campos de verano
Y que vistió sus pasos de palabras y armonías.

Abro los ojos, escribiendo estoy... respuesta brota,
¿Será que de la clepsidra sólo cayó una gota?

13/10

¿Qué hay en las tenues luces del ocaso?
¿Qué esconde su rosicler desvaído?
¿Qué la bruma donde está sostenido?
¿Qué su distante y sosegado paso?
Que nacen en mi espíritu quejidos,
Soles, deshielos, sueños y agonías
Al posar mi vista en su celosía
De mágicos velos incomprendidos.
¿Será voz, nepente, tal vez aliento
De los labios de Dios en movimiento?

14/10

A Garcilaso de la Vega

Como Leandro nadabas la corriente
Del discurso del tiempo sucesivo
Hendiendo el océano sensitivo
Animoso y arrojado y valiente.

Tras de Hero te lanzabas ciegamente
Cual si ese instante fuese el decisivo,
Ni viento proceloso ni agresivo
Arredraban tu latido ferviente.

Mas el mito se truncó inesperado
Y Hero dejó su torre desalmada,
Y la hosca noche oscura de un bocado

Te cubrió el alma en gélida emboscada.
Tu canto pidió a Muerte su cuidado.
¿Ves a Hero allí con la eternal mirada?

15/10

«He cometido el peor de los pecados
Que un hombre puede cometer, no he sido
Feliz...»
Jorge Luis Borges

Ser feliz...
En contra de los lodos inhóspitos del miedo,
En contra de la vesania inexplicable y mísera del devenir humano,
En contra de las marañas trágicas que el dolor derrama,
En contra de la ceguera obstinada que nos ciñe el alma.
Ser feliz...
En contra de los colmillos voraces de la duda,
En contra del recuerdo del recuerdo lacerante,
En contra de la trampa de oro de los sueños imposibles,
En contra de la sombra glacial de las ausencias.
Ser feliz...
En contra del paso insolente del tiempo,
En contra del arcano e inextricable sentido de la vida,
En contra del imperio aplastante de la muerte,
En contra de la esperanza de un dios que desespera.
Ser feliz...
En contra de tantas y tantas cosas que cayo o que olvido.

Gracias por tu sinceridad hecha consejo,
Arrastrabas la sombra de haber sido un desdichado,
Maestro, de veras entiendo, te resultase complicado.

16/10

Esta noite teño o corazón escuro,
Chamizo, cincento, queimado,
Teño o corazón asolagado
De faiscas que fervendo non aturo.
Esta noite sinto un burato nos muros
Do meu peito apesarado
E un desacougo calado
Que amodiño medra seguro.
Esta noite negra de fume
Co lume fora e a choiva en mín,
Esta noite que se consume
Arde en dúbidas; eido sen fin.
¿Detrás do fume hai un abrente?
Que non morra a esperanza «verdescente».

Esta noche tengo el corazón oscuro,
Tiznado, ceniciento, quemado,
Tengo el corazón encharcado
De pavesas que ardiendo no depuro.
Esta noche siento un agujero en los muros
De mi pecho contristado
Y un desaliento callado
Que a poco crece seguro.
Esta noche negra de humo
Con el fuego dentro y la lluvia en mí,
Esta noche en que me consumo
Arden las dudas; pasto sin fin.
¿Detrás del humo habrá un amanecer?
La esperanza «verdescente» no puede fenecer.

17/10

En cauces de costumbre caminaba,
Llovía levemente y el suelo contestaba
A mis suelas, musitando...

Venía arrastrando el pensamiento
Como oscura barda en movimiento,
Venía con él discrepando...

Urgencias, rutinas, porfías,
Latencias, laberintos, naderías,
Enreda que enreda, enredando...

Cuando sobre la baranda
De piedra, del parque en la banda,
La urraca me miró graznando...

¿Ave, que querías decirme?
¿Contestarme?, ¿advertirme?...
A tu lado fui pasando...

Mi alma debió de entenderte
Porque después de verte
La barda se fue esfumando.

18/10

Oigo llover mientras la noche pasa,
Con su desfile de rumores solapados...
¡Lluvia tú estás en todo!
¡Lluvia tú estás en mí!
La que ya cayó
Y la que vendrá un día
Estuvo, está y estará inagotable,
Sigue cayendo vital esencia interminable.

19/10

«Viene y se va, caliente de oleaje...»
Antonio Gala

Fuiste primavera ardiente en colores,
Trote de ilusiones, sendas floridas,
Sesgó su gesto el sino, y la vida
Viró su singladura a los rigores

De un invierno de tristes ruiseñores.
Del costado fuiste sangrante herida,
Huida que huye tornando a su salida,
Sombra de acero de fines traidores.

Voz desatada, germen de sonetos,
Pecho huérfano, alma tremolante,
Rachas de hielo agostando tercetos.

Hoy viene y va por mi mente flotante,
Calmo el oleaje, cual beso secreto
Que acaricia mi memoria, distante.

20/10

Tendría que alzar el vuelo
Y dejar atrás esta costa que conozco tanto,
Que tanto he caminado,
Que tanto he sostenido...
Alzo mis alas,
Noto que el viento las envuelve,
Corro,
Tomo impulso
Y cuando voy despegar,
En el límite mismo del abismo,
Me detengo
O me detienen...
No lo sé...
Y luego...
Miedos,
Fantasmas,
Espejismos,
Agonías...
Tendría que alzar el vuelo
Pero me cuesta tanto susurrarle a mi alma:
«Abre los ojos que ya no sueñas».
Al fin y al cabo
Qué es la vida:
¿Despertar de sueños
O soñar con despertar?

21/10

«...El alma, que busca
En cada cosa espejo de sí misma»
Samuel Taylor Coleridge

Un hombre pisa la arena
De una playa solitaria
De una costa imaginaria
Que le suspira en las venas.
Undosa la mar serena
Trae un ave hasta la orilla,
Yacente, yerta, amarilla
Que a sus pies queda varada
Como un alga enmarañada,
La vista de muerte llena.
Y aquel se agacha azorado,
Que es un albatros conoce
Y de sus yemas al roce
Siente su pulso parado
Y se imagina el triste hado
Que lo arrojó a aquel lugar.
Doliente empieza a cantar
Versos de mar marineros,
Del albatros su postrero
Cuerpo vuela reencarnado.

22/10

Hoy me ronda esta idea
En esta tarde de domingo transitoria
¿Es acaso la vida una continua espera?
Espera que espera y espera y espera...
Esperar el sueño,
Esperar la ausencia,
Esperar la sombra,
Esperar la dicha,
Esperar la espera,
Esperar el fin,
Esperar la muerte,
Esperar a Dios...
Si vivir esperar
Vivir es sólo paciencia,
Si todo ha de llegar un día
¿Por qué todos los lastres?,
¿Por qué todas las prisas?,
¿Por qué toda la urgencia?
Sólo porque no llegue aquello que yo persigo,
Sólo porque tarde más de lo que quisiera,
Sólo por el hecho de no saber si son estos versos
desvaríos,
Sólo por no saber.
Hoy me ronda esta idea
¿Es acaso la vida una continua espera?,
¿Esperará mi alma cuando mi yo ya no espere,
En eternal y mística espera?

23/10

Lo sabe la hidalguía callada de los árboles,
Lo sabe la tímida brisa sonriendo,
Lo sabe el alborozo entrelazado de las aves,
Lo sabe el originario mar inmenso,
Lo saben los lívidos corales de las nubes,
Lo sabe la línea del horizonte eterno,
Lo sabe el sol del ocaso y el de la aurora,
Lo sabe el latido abismal de los luceros,
La roca inerte,
La hormiga constante,
La rosa esencial,
La próvida mirada de los perros...
Y en estos huesos mortales míos
Lo sabe el alma aunque cree no saberlo.
¡Cuándo!...
¡Cuándo logrará entenderlo!

24/10

Desde esa patria ignota en la que habita
Ceñida por los secos huesos míos,
Cual presentimiento de escalofrío,
Presencia que presencias precipita,

Asciende este oleaje que se agita
En sosegada espuma de rocío,
¡Es mi alma, es su regadío
Clamando sus hechuras infinitas!

Y esta sucesión que soy de inminencias,
Desvaríos, deliquios y tropiezos
Se pregunta qué es con insistencia:

¿Espejo de ayer al mañana?, ¿un rezo
Errante por el tiempo cual esencia?
¿Dónde estribará mi fin, dónde empiezo?

25/10

En algún lugar del ayer
Se quedó ese aquel que te esperaba,
Hoy creo poderlo entender;
Fue en el instante en que la muerte se hizo palabras.

26/10

Los vi ascender la cuesta conversando,
El hijo a paso lento
Siguiendo del padre el tardo paso.
Sus voces llegaron hasta mí
Flotando... flotando...
Un estremecimiento se hizo idea;
Padre, tú y yo no seremos observados
En la distancia, por unos ojos cualquiera,
No seremos en la tarde sombras compañeras,
No te contaré secretos ni sonreirás escuchando,
No me dirás ese consejo que se sabe y se está esperando,
No miraremos el mar como aquel día,
No te vibrará en los labios el amor mis pasos alentando,
No seremos risa, ni duda, ni dicha, ni llanto...
No sentiremos de la vida su aliento pasar volando.
Así tu ausencia se vuelve
Presencia inundada de razones.
Así te lo voy contando.

27/10

Somos un límite de piel y huesos
Que separa el cosmos en dos reflejos,
Somos el cristal en el que impresos
Se encuentran ambos lados del espejo.

28/10

A Rafael Alberti

De tus íntimas riberas,
Viendo la mar ondular
Henchida de primaveras,

Tú, marinero de tierra
Dabas tu voz a volar
Como una brisa costera,

Brizando la espuma ligera
De tus palabras en canto,
De tu canción marinera.

Un ángel albo de manto
En las ventanas señeras
De tu pecho de oro y llanto

Posó sus alas remeras
Y toda su luz de cielo
De tu alma entró en las esferas,

Y Hallaste sendas, consuelos,
Galerías, escaleras...
Besaste fuegos y hielos

Y viste la faz cambiante
De rostros y calaveras.
Y el ángel de luz radiante

Que hizo tu pluma viajera
A tus sombras fue cortante
E hizo tu alma flotante,
Navegable y verdadera.

29/10

Dejé que la noche me envolviera por un instante,
La aplastante clarividencia de los astros
Latiendo pausada e inefable,
Llovía sobre mí... sobre todas partes...
Ladraban los perros a lo lejos,
Quizá tan solo conversando con los cielos.
El tejido de las sombras escondía
Su secreto de melancolías y leyendas,
Y yo, pequeño y frágil como otra baldosa de su umbrío pavimento
Miraba a la especular laguna sideral
Preso... preso... preso...
¡Cuánta verdad hay en el firmamento de una noche estrellada!
Yo, en un deliquio melódico, te busqué en los luceros
Lanzando palabras en ecos,
Palabras rotas, quebradas;
¡Lágrimas a carcajadas!

30/10

A Miguel Hernández

¿Dónde está aquel ruiseñor
Que en los fusiles cantaba
Su trinar de esteva y zueco
Con sus alas de nostalgia?...

Lo ha herido un estruendo seco,
Ráfaga vil de metralla,
Un turbión inesperado,
Una legión de fantasmas...

¿Ruiseñor dónde ha caído?,
¿Dónde sus huesos descansan?,
¿Aún late su corazón?,
¿Queda ardor en su garganta?...

La noche se lo llevó
Con su homicida asechanza
Y en el campo hay una ausencia
Que no la llenan palabras...

El azahar que lucía
Sus pétalos de esperanza
Sobre el olivar señero
¡Que alguien diga, ¿dónde se halla?!

Se marchitó en una fosa,
En una huesa macabra,
Entre muros opresores
Y silencios de alambradas...

¿Se ha consumido el aroma
De sus líricas fragancias?,
¿El viento no guarda esquirla
Que traerme aquí hasta el alma?...

Dejó un rayo que no cesa
Aliento de amor y drama
Y un temblor en el costado
Del que se inclina a mirarla.

31/10

A Ramón María del Valle Inclán

De las vegas se levanta la bruma
Como una fina serpiente de espuma.
El día ya agoniza en la arboleda
Y la luz entre las sombras se enreda.
Un viento sideral se suma,
Brillan de un cuervo las oscuras plumas.
Canto de un grimorio en el bosque rueda.

Desde la solana umbría y señera
Un hombre mira y medita y espera,
Casi cual sombra en la sombra olvidada,
Un verso en los labios y en la mirada.
Trama leyendas, visiones, quimeras,
Deja en los muros de su casa austera
De su karma la huella cincelada.

NOVIEMBRE

I/II

A una luna otoñal

La vi gallarda en el raso del cielo,
Un raso azul añil que se apagaba.
La vi tras del nimbo que la embrujaba;
Marfileños y vaporosos velos.

Cual párpado de dios que enarca el celo
De su eterno mirar, se dibujaba.
Cual puerta hacia los sueños se entornaba;
Broche nacarado en distante hielo.

La vi de leyenda, la vi de cuento,
La vi con ojos de numen naciente
Y Selene me miró en un momento;

Pensé en los cantos, en las magnas frentes
Que ardieron con tu místico argumento
Y humilde sentí su llama latente.

2/11

El Año lírico.
A Rubén Darío

En mi butaca sentado,
La noche fluyendo estaba,
Con los párpados cerrados,
Tal vez dormía o soñaba;
Cuando una mano de luz
Mi mano tomó en su palma
Y una brisa en mi testuz
Noté; aliento del alma.
Me elevó tras de su estela
Ingrávido cual una hoja
Que sobre los vientos vuela,
Que a las distancias se arroja.
Y sobre un cielo nublado
Vi las nieves en las crestas
Y los puños afilados
Del hielo por las florestas
Y el ronco aullido invernal;
Crujido de losa y cueva,
Y una ausencia visceral
Que entre sus costuras lleva.
Había escarcha de amores,
Había médulas secas
Y nidos sin ruiseñores
Y alguna esperanza hueca.
Pero su estela siguió
Y voló más y más lejos
Y el cielo gris se tornó
Azul de etéreos reflejos,
Y vi un verde manto abrirse

Con diamantes de rocío
Y a las náyades sumirse
En linfas de albares ríos.
De un arpa la melopea
Oí en las cumbres sonando
Y los ojos de Atenea
En la alturas flotando.
Y sentí un clamor de besos
Y sentí escozor de yagas,
Desanudarse lo preso
De una primavera maga.
Y la luz siguió adelante
Y yo prendido a sus dedos
Y el horizonte radiante
Se encendió en celajes quedos.
Volaban áureos cristales
Como diamantes deshechos
Y los fondos siderales
Mecían sus magnos techos.
Y el mundo se dilataba
Y ardía el deseo delirante
Y la vida derramaba
Sus cálices hechizantes.
Vi juguetonas pavesas
De soles crepusculares,
Vi Quijotes y Princesas
Y estivales azahares.
Pero la mano incesante
Siguió su curso fugaz,
Yo detrás, ella delante,
Yo sumiso, ella locuaz.
La luz fue palideciendo,
El ardor tornó a tibieza,

Las sombras fueron creciendo
Y un violín con sutileza
Lanzó un himno sosegado
De anacoretas tristezas,
Y en los bosques deshojados
Fue sutil delicadeza.
Vi a las hadas en las fuentes,
Vi a los elfos tras la bruma
Y vi una aurora en mi frente
Entre otoñales espumas.
Y en la luz fui viendo formas,
Unos ojos, una risa,
Contenidas en su horma,
Y una faz se hizo precisa.
La mano soltó mi mano
Y vi cómo se alejaba,
Abrí mis ojos ufanos,
¡Darío tú me llevabas!

3/11

Medía las distancias de la noche
Sobre el espigón recoleto;
Acerado hormigón que conoce
El sonido de mi andar,
El sonido de mi pecho.
La ría como un estanque,
Como laguna lunar,
Cenicienta mecía su oleaje
Y volaba por el aire
Un algo de irrealidad.
A lo lejos el paisaje
Era quietud,
Era sombrajes,
Era incierta inmensidad.
Llegué al fondo donde el faro
Sus rojas luces circundaba,
Me detuve y miré al cielo empedrado,
Un espino de angustia me arañaba
Seco y lánguido, cansado.
Los ojos cerré
Y busqué el latido
De lo que no se ve.
¿Qué haces?: dijo mi Yo descreído,
Y yo le contesté:
¡Estoy rezando!

4/11

A Jorge Guillén

Y planean del tiempo sus alas presurosas
Y su herrumbre implacable va anegando los huesos
Y la muralla del fin se allega rigurosa
Y el viejo corazón de su sombra nota el peso.

Y dentro, muy dentro el humano canto murmura:
¡Mudó mi juventud y mudaron mis urgencias,
Mudó la vida sus caminos, sus aventuras,
Pero nunca mudó la ilusión en la conciencia!

La vida sigue adelante... ¡respiro viviente!
Ya la muerte acudirá en su hora señalada,
Ni evito ni aguardo ni esquivo su llegada.
Guillén diciendo: «Impondrás tu ley, no tu accidente».

5/11

A Sara y María

Brotaron en la lejanía
Y el viento del sino las trajo
A las riberas de mi vida,
A las riberas de mis pasos;
Y en mi pecho sus estelas
Titilan para alumbrarlo:
¡No son blancas siempre las estrellas!

6/11

¡Tiembla corazón, tiembla!
Que no te arredre tu temblor;
¡Hazte alma!...
¡Late alma, late!
Busca tu pulso;
¡Hazte carne!

7/11

Verse en el papel cual en blanco espejo
Que reposara oculto entre la arena
Y un viento poco a poco descorriera
Mostrando los contornos del reflejo.
Caminar por su costa, andar a tientas,
Siguiendo: ecos, pulsos, notas y alientos,
Desprenderse de sí para ir más lejos;
Al límite esencial de las ideas.
¡Qué bello hacerse letras!,
¡Qué bello hallarse en versos!,
¡Qué bello será, si puede serlo
Que algún día tú me leas!

8/II

...Largo lamento
Del roco viento,
Ansia perpetua de algo mejor...
G. A. Bécquer.

Y el viento sonó entre las ramas
Como un labial aleteo,
Cual si el silencio avisara,
Y te vi errando en la hojarasca;
¡Bécquer aire!,
¡Bécquer tarde!,
¡Bécquer plectro!

9/11

Es como un pequeño seísmo en las entrañas,
Como un hálito de fuego frío,
Como un oleaje rompiendo en una playa
Cuya espuma se eleva al infinito.
Como honda que nace y se propaga
En el espejo de un estanque dormido,
Cada vez más firme, cada vez más arbolada
Hasta que se desborda en voz, hasta que se erige en grito.
¡Por eso busco palabras!,
¡Por eso escribo!

10/11

Esta noche tengo el alma anegada,
Me tiran las costuras de la vida,
Hay un espectro de sombra en mis orillas,
¡No me hallo en mí!, ¡No me hallo en nada!
La esperanza languidece acuchillada,
La vida es una burla repetida,
Soy juez y culpable, soy guillotina,
Huele a muerte en las oníricas aguas.
Pero esta noche se va yendo... y mañana será... ¿Quién
sabe leer el alba?

II/II

Bogaba la barca vieja
Del tiempo sobre la mar
Y su remo de porfiar
Quebró su madera añeja.

La deriva la maneja,
Viene, va... vuelve a tornar
Y en su tabla, en su lugar,
El marinero no ceja

De hundir en la mar su brazo
Por volver a su viaje,
A su rumbo y a su trazo,

Domeñando el oleaje.
Y ve en sus nobles bandazos
Cauces que son ambages.

12/11

Te has parado a pensar lo mucho que nos gusta tener la razón...
Te has parado a pensar lo que nos incomoda no tenerla...
Te has parado a pensar lo absurdo de este hecho...
Desde hoy guardo en mí las palabras de «Los Justos» de Borges:
Voy siempre a aguardar y «Preferir que los otros tengan la razón».

13/11

Busca en ti, dentro, dentro, muy adentro;
Ante las iras,
Ante el sufrimiento,
Ante los aciertos,
Ante las dichas...
Y así, afuera, volarás sin prisa
Lejos, lejos, muy lejos.

14/11

«Conócete mortal, más no del todo»
Miguel de Unamuno

Vaga por las hondísimas veredas
Que van serpeando por tus entrañas,
Cruzando la bruma que las empaña
Tal el que busca luz en la humareda.

Halla el latido de la voz que rueda
Cual liento soterrado en la montaña
Y siéntelo horadar en tus marañas
Y arrastre su caudal la polvareda.

Conoce de ti, a poco, tus hechuras,
Halla respuestas y también sentidos,
Palpa raigambres, vuela en las alturas...

En este andar vital desconocido
Que no dé en tu total tu singladura,
No ansíes saber todo lo escondido.

15/11

Lo probable es que estos versos
Sean pasto innegable del olvido,
Lo probable es que hasta yo mismo
Los arrincone entre los rutinarios pesos,
Lo probable es que no hallen pecho
Dónde prender fuego sensitivo,
Lo probable es que los devore el tiempo
Antes si quiera de haber florecido...
Aun así, lirismo, te voy surcando;
¡Volad!, ¡Volad cantos míos!,
Aunque en nadie seáis, ¡seguid soñando!,
Ya sois del aire, de dios, del infinito.

16/11

Somos caminantes
Y a la par somos caminos.
Somos el semblante
Y la máscara que va consigo.
Somos el Yo... y su Yo desconocido.

17/II

¡Qué no abra el desaliento tu armadura
Con su cellisca fría y afilada!,
¡No detengas jinete tu jornada,
De valor hinca espuela a tu montura!

¡Cabalga de horizontes la llanura
Deshaciendo calígines ancladas,
Desoyendo rutinas enquistadas
En la voz de la sirena Amargura!

Si se quiebran las ansias en las manos
O se te resquebrajan los cimientos
De la vida al igual que polvo vano,

¡Entona estos versos sobre los vientos!
Hoy esto en repetírmelo me afano
Mientras la tarde entre mis ojos siento.

18/11

Una parte de nosotros mira con ojos de Ayer,
Una parte de nosotros mira con ojos de Mañana,
Así se fragua el instante que vivimos,
El instante del Hoy, en nuestro mirar distraído.

19/11

Cada instante muere alga de aquello que soñamos,
Cada instante nace alga de aquello que seremos,
No soy quien se irguió esta mañana
Ni mañana seré quien esto escribe;
La ira,
El miedo,
La angustia,
El vacío…
Todo te moldea,
Todo te oprime,
Todo te delimita,
No gobiernas la mudanza pero sí por dónde camina.

20/II

A las notas musicales
Siete voces en la entraña del silencio,
Siete huellas intangibles de las musas,
Siete latidos del sueño latiendo,
Siete fanales en la noche oscura.
Siete lágrimas del firmamento,
Siete bajeles quebrando bruma,
Siete alburas sin fin del universo,
Siete eternidades de se vislumbran.
Siete credos, siete esperanzas,
Siete arcanos, siete magias.
Siete vientos del rumbo en mis costas,
Siete briznas del rocío que se nombran.

21/11

«Ir y quedarse, y con quedar partirse...»
A Lope de Vega

Este estar y no estar,
Este ir para quedarse,
Este quedarse y marchar,
Este eterno retornar.
Este vivir recordando,
Este recordar soñando,
Este hundirse y elevarse,
Este perderse y hallarse,
¡Este buscar, buscar, buscar!

22/II

Hoy, cuando a solas, una calle recorría
Mientras el ábrego de la noche
Estremecía la hojarasca
Con un rumor lejano de recuerdo,
Con un estremecimiento me dije:
«Esta calle que nos vio nacer
Es la calle que nos vio morir»:
¡La espiral gira!, ¡nosotros dentro!

23/11

Decidí abrirme el pecho
Una tarde que dolía
Por destriparme los nudos
De todas las agonías,
Por que una brisa sedeña
Se los llevase a escondidas
Convertidos en palabras
Después de haber sido ceniza.
Con las costuras abiertas
Del tuétano de mi vida
Sentí la caricia del alma
Cuando se siente sentida
Y allí prendiste tu luz
Redentora poesía
Y yo dejé de ser yo
Para ser más yo aquel día.

24/II

Como una estela de blancos cometas en la noche,
Como un vuelo inesperado de palomas en la niebla,
Como lagunas lustrales entre un páramo quemado,
Como saetas de brisa en mitad de la tormenta.
Así tus ojos vinieron...
Así tus ojos se fueron...
Así tus ojos quedaron...
Que todo pasando queda
Y todo se va marchando,
¡Tú, aurora de estas letras!

25/11

El día contra la violencia de género
Trágate tus gritos,
Tus gritos de cristales,
¡Cobarde!
Que se vuelvan contra ti,
Que ya no los oye ¡Nadie!
Quémate con tus iras
De latigazos voraces,
¡Cobarde!
Que te laceren por fin,
Que ya no las teme ¡Nadie!
Engríllate con tus cadenas
De silencio insoportable,
¡Cobarde!
Que se te acaben de pudrir
Que ya no asfixian a ¡Nadie!
Baja, mezquino, los puños
De sombra escalofriante
¡Cobarde!
Que te cerque su muro gris
Que ya no hieres a ¡Nadie!
Por qué vas pisando las flores,
Por qué ensangrientas el aire,
Por qué vas apestando al mundo,
Por qué corrompes humanidades.
Tienes la fuerza
¡Miserable!
Pero es una fuerza de nadie
Y estás solo, solo, solo
¡Cobarde!

26/11

Siente, corazón, siente
Que no te dé miedo el miedo
A las vitales corrientes,
Que la tristeza, el desconsuelo,
Las angustias no te frenen,
No te encierres en tu encierro.
Siente, corazón, siente,
Que de acero no te vuelva
La vileza recurrente
De la inhumana crudeza
Ni sus cordajes te ordenen.
Late en su contra con fuerza.
Siente, corazón, siente,
Que sentir es tu tarea,
Que sentir es tu simiente.

27/II

Los días son cisnes flotando
En la tersura del tiempo,
Como ajenos u olvidados,
Como si fuesen ensueños…
Hoy te vi, cisne opalino,
Te vi marchar lento y quedo
Mientras los mirlos trinaban
Junto a los castros viejos
Y la luna se colgaba
De las ramas de los cedros.
¿A dónde irá tu destino,
Cisne, hoy que te encuentro?
Gracias por haber venido,
Ya no volveremos a vernos,
A los cisnes del mañana
Diles que sean tu espejo.

28/II

No veas el Poema
Como algo imposible,
Como algo añejo,
Como algo lejano,
No lo creas como algo ajeno...
Recuerda que es un latido,
Un suspiro,
Una huella de la emoción,
Porque quizás, lector,
Tú seas la esencia de sus versos.

29/11

En los páramos de nadie
Hay una sombra temblando
Porque los astros no arden
Y el miedo avanza segando.
En los páramos de nadie
Hay una sombra esperando
A que los brazos del aire
Le desanuden los lazos.
En los páramos de nadie
Hay una sombra dudando
Si hay mentiras o verdades
Esas honduras trenzando.
Sombra del páramo, errante,
No yerras si estás andando.

30/11

Entre los árboles del jardín escolar
Como en columnas de un verde claustro
Resuena el tumulto del alumnado
Que irrumpe como un torrente vivaz.
Y lentamente, lentamente va quedando
En sus espacios de invisible eternidad
Como arena que a la playa trae el mar
Formando un velo de nostalgias con los años.
Mi voz también estuvo en esos vuelos,
Mi voz entre las voces presa está
Y en este día de noviembre irán mis versos
Entre sus posos de recuerdo a descansar.

DICIEMBRE

1/12

Puedo escribir sonetos,
Romances, Haikus, seguidillas...
Puedo trenzar argumentos,
Emociones, lágrimas, vidas...
Enredarme en palabras,
En métricas y sinalefas,
Anegarme en las aguas
De anáforas y cadencias...
Pero viendo hoy atardecer
Pienso ¿será poesía
Una palabra sola, tal vez?
Júzgalo, Lector, llegar podría
Por ejemplo... «Melancolía»... o «Eternidad»...

2/12

La adarga, el yelmo y la lanza
Arrumbados en la linde del camino,
No hay rastro de Quijote en lontananza
Pues hoy no ve gigantes, ve molinos,
¿Ese esqueleto en el suelo es su esperanza?

3/12

El valle era un pozo de sombras
Sin forma que se abrazaban,
Un hilo de fino embrujo,
Como una corriente de plata,
Se presentía en la noche
Y flotaba, flotaba, flotaba...
Yo curva tras curva
Lentamente me alejaba,
Mis ojos prendieron la imagen
En las paredes del alma;
Yo tirando del hilo
y... ¿quién tira de mi espalda?

4/12

¡Qué tristes están las ventanas!
¡Qué lánguidos los cristales!
¡Qué plomizas las persianas!
¡Qué solos los cortinajes!
Vino la Parca y dejó
Su vacío en las paredes
Y la casa se volvió
Nudos de sombras silentes.
Melancólica la baranda,
En sus muros siento el frío
Y la ausencia desgarrada
Camina entre los ladrillos,
Parece que la casa llora
Lentamente tiritando...

¿Quién puede ver las gotas
En la clepsidra restando?

5/12

Si los celajes de acuarela,
Si las pupilas de los astros,
Si el imperio de los océanos,
Si las músicas del viento,
Si las gráciles aves,
Si las líricas rosas,
Si lo ínclitos árboles,
Si la inenarrable vida,
Si yo mismo
Somos sólo fruto del azar,
Si el azar es el nombre de dios,
Hagamos del vivir la esencia del azar.

6/12

Yo fui una sombra en lo umbrío de la noche,
Fui un fantasma de huesos y pesares,
Fui un errático andar en soledades
Y mis pasos como tétricos acordes.
Por este camino que hoy piso
Fui otrora lo que narro;
Como un Bécquer, un Machado,
Como un Lorca o un Darío,
Iba una muerte dejando
Detrás de cada quejido,
Iba buscando y buscando
Un «Por qué», un «Cómo ha sido».

7/12

En un recodo del parque,
Entre el cobijo sigiloso de los árboles,
Conseguí notar
Abrazarme la eternidad.
¡Si mis palabras fuesen algo más
Que estos trazos y signos!
¡Qué hermoso sería!
Si pudiesen contártelo,
Si pudiesen volar
Y llegar a ti
Y que a solas, como yo, pudieras sentirlo.

8/12

¡Ángel mío, escúchame!
¡Ángel de la poesía!
Veo sombras de ruinas
En esta noche ¿por qué?
Pósate en su ceniza
Dama de luz, otra vez,
Susúrrame tu fantasía.

9/12

Vengo de estar con el recuerdo,
Vengo de estar con el olvido,
Vengo de estar con la ausencia,
Vengo de estar conmigo,
Vengo de estar con la vida.
Me fui con un desaliento
Y vuelvo alentando brillos.
¡Qué bella es esta venida
De mí, por mí, a mi latido!

10/12

La lluvia que murmura en la ventana
Aflora un recuerdo de mis costuras;
Unas palabras presas en la hondura
De un papel. Cada palabra dimana

Un llanto, una esperanza soberana,
Un latido que lánguido perdura
Contra una noche que se cierne oscura,
Un clavo ardiendo, una soga gordiana.

Un sobre que guarda unos despojos,
Un buzón y unas manos temblorosas,
Un ver la verdad y cerrar los ojos...

Desde aquel diciembre de huesa y losa
Hasta este hoy de diciembre en que acojo
Sus restos y hago lírica su fosa.

11/12

La gaviota
En la torre rota
Está mirando la mar,

El viento
En su frío intento
La va rozando al pasar,

El sol
Es como un farol
De niebla crepuscular,

Mi mirada
Como un hada
Se detiene a fabular;

¡Gaviota en la torre rota
Échate pronto a volar!
Y lleva en tus alas las gotas
De mi temblor estelar.

12/12

Escuché como un trinar
Atrapado en el asfalto,
Tenue, casi apagado
Como una brisa de mayo.
¿Alguien lo oyó?
¿Lo oirás tú?
¿Estaba soñando?
¿Era el ave de un pecho azul
Al ave de mi pecho llamando?

13/12

Puedes ser lo que debes ser,
Puedes ser lo que de ti se espera,
Pero no dejes de ser
Lo que eres siendo esencia.

14/12

Sabedlo:
¡La quise, la quise tanto!
Y la quise de fuera a dentro...
Y ahora entiendo
Y ahora sé
Que no la quise bien...
Pues si se quiere
Hay que querer de dentro a fuera.

15/12

Me detuve entre la oscuridad del Castro,
Alcé la vista,
Perdí mi mirada en los astros;
«¿Habrá alguien ahí, en el universo,
Como yo, ahora,
En esta noche,
Mirando, buscando en los cielos?»
¡Qué ínfimo me sentí al pensarlo!
Y ¡qué eterno!... ¡qué eterno al imaginarlo!

16/12

Estoy lanzando un grito
En mitad de la noche;
Nada me responde,
Nadie me responde.
Estoy lanzando un grito
En medio de los gritos,
Sólo me responde el vacío,
Y lo intento
Y lo intento
Y, fatigado, vuelvo a lo mismo.
Me paro...
Escucho...
Y oigo mi grito
Gritando dentro de mí.

17/12

Posé en tus ojos mis ojos
Y ya no me hallé la herida.
¡Lo sé...!
¡Lo sé!
Fue como debía ser
Aunque yo no lo entendía
Entre esa turbia agonía.
¡Lo sé...!
¡Hoy lo sé!
Tenía que ser como fue.

18/12

Corté sus infectas raíces
Una noche procelosa y gemebunda.
Me creí libre de cordajes y ataduras
Pero aún guardaba fuerzas para seguirme...
Como una espina entrelazada en mis costuras
Ha llegado hasta hoy sin desasirse,
Hasta en estos mismos versos quiere persuadirme
Y marcar su cauce torvo de locura.
¡Voy a arrancarte, espina,
Pero a llevarte conmigo!
Para no olvidar tu filo
Si me dejas una esquirla.

19/12

En la quietud de cristal del agua
Sobre la fuente de piedra
Me vi reflejado un instante
En desleída apariencia...
Agua quieta de cristal
Como mis cantos eres
Mi reflejo espiritual.
¿Quién sabe cómo me verás
Si te asomas a leerme?
Y más aún...
¿Quién sabe cómo te verás al verme?

20/12

Rezo mi salmo pagano
A mi corazón humano:
Que la ira no te encienda la ira.
Que la envidia no te arrastre a la envidia.
Que el odio no te envenene el odio.
Que el torvo no te ensombrezca torvo.
Que el tirano no te tiranice tirano.
Que el desalmado no te vacíe desalmado.
Que el ego no te ahogue en ego.
Que el desprecio no te hunda en el desprecio.
Que el prejuicio no te nuble en el prejuicio.
Que el castigo no te arroje en el castigo.
¡Sé los demás!
Corazón que buscas luz,
No para ser ellos más
Sino para ser más tú.

21/12

Quizás...
Quizás...
Si lo ansío con más fuerzas
Logre hacerse realidad.
Tal vez...
Tal vez...
Si el ensueño se despierta
Pueda soñar otra vez.

22/12

El estanque flotaba
Como un sueño entre las sombras,
La media luna lloraba
Sus perlas de plata y aljófar
Que misteriosas brillaban
Desde el magno tul del cielo
Sobre el parque soñoliento.
Las ramas se retorcían
Con blancura de esqueleto
En los árboles que ceñían
Como soldados cenicientos
Al estanque que dormía;
Mientras, detrás, la antigua muralla
Con ayuda de la noche lo arropaba.
Y la pequeña cascada
Que sobre su quietud caía
Lentamente murmuraba,
Lentamente repetía
La vieja canción del agua:
De tu centro hasta mi centro
Eternamente fluyendo.

23/12

A Juan Ramón Jiménez

Iba escuchando mi paso,
Iba escuchando la noche,
Iba oyendo los suspiros
De los árboles informes.
Un ensueño en la retina,
Una bruma en los temores,
Una lágrima en las simas,
Una fe en el pecho sin nombre.
Y a mi lado tu voz venía,
Hermano de mis dolores,
Como tantas otras veces
Llenándome de fulgores;
Y sentí tu corazón en la brisa
Como tú sentiste un día
Al corazón amigo.
¿Sentirás quizás el mío
En tu estación total e infinita?

24/12

La tarde era un espejo
De sueños crepusculares
Y en un instante supremo,
Como breve pausa del tiempo,
Vi el sutilísimo viraje
Del sueño hacia el recuerdo.
¡Imagen esencial; espejo de despertares!

25/12

En las cenagosas celdas del ego
Cautivas, sepultas y enmudecidas
Sobreviven las palabras prohibidas
A tus labios, cual oscilante fuego.

Y en tu pecho nudo, en tu pecho ciego
Carcomen con ardores homicidas
Los latidos del pulso de la vida,
Asfixiando la trama de su juego.

Y su fuego se torna con los años
Arenisca de roca congelada
De tu espíritu en los valles soterraños.

¡Suelta corazón tu voz liberada!
Si habla tu armonía ¿a qué tanto daño?
Haz de su soga brillante bandada.

26/12

La poesía es un espejo
Que no sabe mentir
Aunque tú mentirle quieras.
Quien se miente es el poeta
Que finge su propio reflejo
Como si fuese un barniz.
La poesía sólo es, si es fuente verdadera.

27/12

El orvallo cayendo lento,
Lento como mis pasos lentos
Sobre las calles lentas.
Lento como la noche,
Como esta duda lenta,
Como la quietud de las farolas
Nebulosamente lenta.
Lento me voy dejando llevar
Hacia mis valles lentos,
Lento por la verdad,
Lento por el recuerdo,
¡Qué sólo quiero fluir!
¡Qué sólo quiero latir!
Lento, lento, lento, lento.

28/12

Cuando te creía preso
Bajo bocado y rienda
Das un tirón y vuelas
Trotando a campo abierto
Sobre las vanas praderas
De tu libertad.
Ego; corcel farsante
Deja ya de cegarle
La luz a la claridad.

29/12

Sé mano de la trémula mano,
Sé paso del paso perdido,
Sé aliento del hálito abatido,
Sé viento del navío encallado,
Sé risa del reír atribulado,
Sé aurora de la aurora esquiva,
Sé lazo entre las almas que se olvidan.

30/12

En los océanos del alma
El remanso de los versos escritos.
En el tremolar del ansia
Los versos que a escribir aspiro.
Versos soy, versos seré, versos he sido.
El verso; mi bandera, el verso; mi patria,
El verso; el lenguaje de mi cantor latido.

31/12

¡Qué viejo te me has hecho
De a poco!, lírico año.
Tanto que estos que rimo
Ya lucen cual versos canos.
Hoy que los veo trazarse
Sobre el liso lienzo blanco,
Siento en el pecho del alma
Un pesar y un goce calmo;
Ha sido un viaje hermoso
Irte sintiendo y soñando
Mientas me ibas naciendo,
Mientras te iba encontrando.
Y sólo puedo decirte
Con un temblor en los labios:
Gracias por haber vivido
Junto a mis vivientes pasos.
Ya te me vas, huyendo
Poco a poco de las manos,
Tu reloj ya se vacía,
Ya asoma tu último grano,
Lo veo temblar un instante,
Ya cayó, ya ha llegado.

FIN

Printed in Poland
by Amazon Fulfillment
Poland Sp. z o.o., Wrocław

86657819R10242